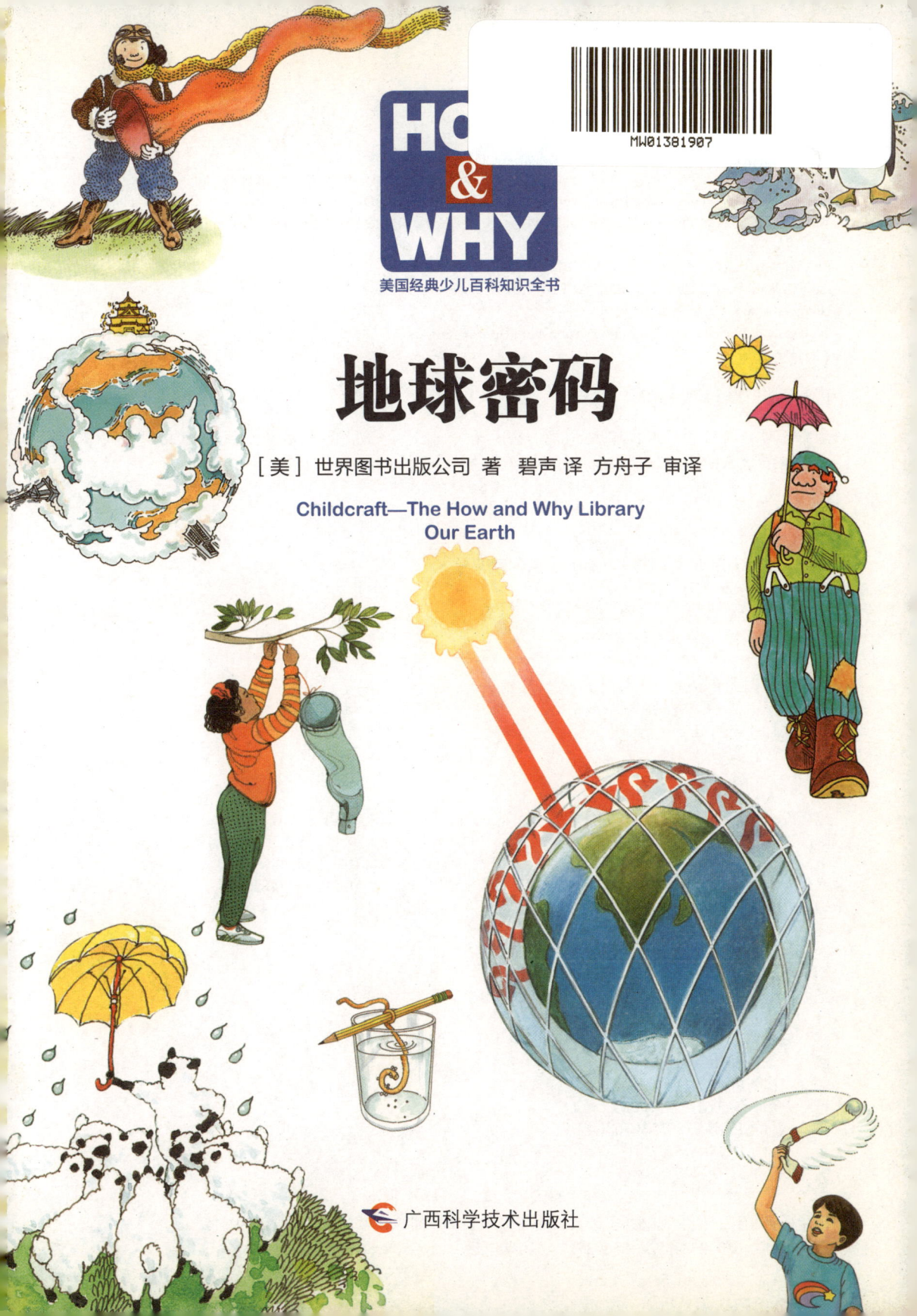

HOW & WHY

美国经典少儿百科知识全书

地球密码

［美］世界图书出版公司 著　碧声 译　方舟子 审译

Childcraft—The How and Why Library
Our Earth

广西科学技术出版社

著作权合同登记号　桂图登字：20-2009-135

图书在版编目（CIP）数据

地球密码 /（美）世界图书出版公司著；碧声译. —南宁：广西科学技术出版社，2010.6

（《HOW & WHY》美国经典少儿百科知识全书）

ISBN 978-7-80763-477-5

Ⅰ.地… Ⅱ.①世… ②碧… Ⅲ.地球—普及读物 Ⅳ.P183-49

中国版本图书馆CIP数据核字（2010）第049597号

DIQIU MIMA

地球密码

作　　者：[美]世界图书出版公司　　　　翻　　译：碧　声
策　　划：何　醒　张桂宜　　　　　　　　责任编辑：赖铭洪
封面设计：卜翠红　　　　　　　　　　　　责任审读：张桂宜
责任校对：曾高兴　田　芳　　　　　　　　责任印制：韦文印

出 版 人：韦鸿学
出版发行：广西科学技术出版社　　　　　社　　址：广西南宁市东葛路66号
邮政编码：530022
电　　话：010-85893724（北京）　　　　传　　真：010-85894367（北京）
　　　　　0771-5845660（南宁）　　　　　　　　　0771-5878485（南宁）
网　　址：http://www.gxkjs.com　　　　在线阅读：http://www.gxkjs.com

经　　销：全国各地新华书店
印　　刷：北京瑞禾彩色印刷有限公司
地　　址：北京市经济技术开发区东区科创四街　邮政编码：100023
开　　本：710mm×980mm　1/16
字　　数：80千字　　　　　　　　　　　　印　　张：11.5
版　　次：2010年6月第1版
印　　次：2012年4月第9次印刷
印　　数：66 001—76 000册
书　　号：ISBN 978-7-80763-477-5/G·146
定　　价：25.00元

目 录

前　言

　　如果有人问你住在哪里，你也许会回答住在某条街、某个城市或者某个国家。不过，你还住在一个更大的地方——一个所有人共享的、叫做"地球"的地方。

　　《地球密码》这本书将帮助你了解我们所有人居住的这颗行星。你会发现地球是由什么组成的，它的形状为什么像一个球。然后你可以更进一步观察它，了解由山川、谷地与平原构成的陆地，以及装满海洋、湖泊与河流的水。这本书还会带你探索天空。

　　天气对地球有很大的影响。这本书会解释雨、闪电、雷、雪和冰雹。所有人都有对天气感兴趣的时候，不过观察天气对一些人来说是一项工作。你会在书中了解到这些人所做的事，以及这些年来人们怎样努力用不同的方法预报天气。

　　人们依靠地球上的土地、水和空气生活。我们必须合理利用土地，保持水和空气的清洁，以便植物能够生长，动物能够生活。如果这个世界对植物和动物来说是健康的，那么它对我们来说大约也是健康的。这本书会告诉你，人们在用什么方法保护地球，以及你能做什么。

这本书里有很多栏目，可以帮你掌握这本书。你会在标着"全知道"的框框里发现一些有趣的事实，你可以用你学到的东西让你的朋友大吃一惊！

这本书还介绍了许多你可以在家里完成的活动。找找标着"试一试"的彩球，它们指示的活动可以帮你了解关于地球的更多知识。例如，你可以培养自己的岩石晶体，做个实验看看有些植物是在淡水里长得好还是在咸水里长得好，甚至还可以造出自己的云朵。

每项活动的彩球里都有一个数字，绿球上写着1的活动是最简单的。黄球上写着2的活动可能需要大人帮一点忙，比如帮你剪切、测量或者使用热水。红球里写着3的活动可能需要大人帮更多的忙。

整页有着彩色边框的"试一试"活动要复杂一些，或者需要的材料更多一些。在动手之前要阅读材料清单和操作指南。

读这本书的时候，你有时会看到一些字是粗体的，**就像这样**，它们的含义在书后面的词汇表里有解释。

"全知道"的框框里有着非常有趣的事实。

每项活动都有一个数字。数字越大，你需要大人帮的忙就越多。

有着彩色边框的活动比没有彩色边框的活动要复杂一点。

行星地球

仰望天空，你会看到星星、月亮，还有大片的"什么也没有"的地方。这些"什么也没有"的地方实际上是一种叫做太空的东西。你知不知道，你正乘坐在一个叫做行星地球的蓝色大球上面，在太空里穿行？

旋转的世界

你有没有想过，你能不停地转啊转却不会头晕？实际上你每时每刻都在这样做。地球就像一个大陀螺一样旋转着，并且带着你一起转！

地球和陀螺都是绕着一根轴旋转的，就像车轮绕着轮轴旋转。在泥巴球上穿一根棍子，把棍子拧一下，球就会转起来。

想象一下，有一根穿过地球中心的长棍子，这根想象的棍子叫做地球的轴。它的一头叫做北极，另一头叫做南极。地球绕着它的轴旋转，就像车轮绕着轮轴旋转那样。

地球就像这个陀螺一样在旋转，转完一圈的时间是24小时——一整天和一整夜。

人们感觉不到地球在转，因为它实在太大了。但我们知道它确实在转动。因为正是地球在自转，才有了白天和黑夜。早上天空是亮的，我们就知道，地球上我们住的这块地方面朝向太阳了。夜里天空是黑的，我们就知道，我们住的地方背对太阳了。

试一试 1

做一个圆的泥巴球，用它代表地球。在球上做个记号，代表你住的地方。用一根铅笔穿过泥球。在一个黑暗的房间里用手电筒照亮泥球，手电筒就是太阳。慢慢地转动"地球"，观察上面你住的地方会发生什么。什么时候是白天？什么时候是夜里？如果地球不转会怎么样？

绕着太阳转

地球绕着太阳转的路线，是一个很大的、近乎完美的圆圈。

地球不仅仅是在自转，它同时还在太空中移动。

　　地球在太空中以每小时107 200千米的速度绕着太阳运动。它运动的路线不是直线，而是沿着一个很大的、近乎完美的圆圈绕着太阳转。地球绕太阳转的这条路线称为地球的轨道。

　　是什么使地球绕着太阳转？它为什么不在太空中到处跑呢？

找一个大人帮你在屋外做这个试验，注意与别人保持安全距离。把一个橡胶小球塞在一只旧的长袜子的最里头，抓住袜子的另一头，在头顶上挥动这个球。感觉到球的拉力了吗？但是你和袜子对球的拉力更大，就像太阳的拉力把地球留在轨道上一样。在挥动袜子的时候松开手，发生了什么？球飞走了。如果太阳的引力突然消失，地球就会像这个球一样飞走。

太空中所有的东西都互相吸引，这种力量叫做**引力**。太阳比地球大100万倍还要多，所以它对地球的引力很强大，足以把地球留在轨道上。

地球绕太阳转一整圈所需要的时间，是365天多一点儿，也就是我们所说的一年。

为什么地球的形状像个球？

为什么地球的形状像个球？为什么它不像烤饼那样是个扁平的圆饼，或者像砖头那样是方的？它为什么会旋转？又为什么会绕着太阳转？

大多数科学家认为，答案隐藏在地球诞生的过程中。他们认为，这一切起源于几十亿年前的太空中一团巨大的、旋转着的由尘土和气体组成的云。

大多数科学家认为，很久以前有一团宽几亿千米的云，引力把它拉成一个扁平的大轮子，这个轮子在不停地旋转。

气体尘埃云旋转的时候，引力慢慢地拉着它收缩。大多数气体聚集在云的中央，形成一个越来越大的团块。这块东西长得越大，它的引力就越大。由于各个方向上的引力相同，团块收缩成一个圆球。云中央的这个巨大气体球，就是最初的太阳。

在巨型气体尘埃云的外围区域，引力拉动着尘土和气体形成另一些球体。一段时间之后，云里的绝大部分物质用光了，只剩下气体和尘土形成的球绕着太阳转。科学家说，这些球体就是早期的地球、其他行星和它们的卫星。

现在太空里有很多气体尘埃云，科学家说，其中有一些正在变成新的恒星。由于我们的太阳也是一颗恒星，许多科学家认为，太阳和它的行星也是这样诞生的。

地球是从尘土和气体中产生的球体之一。随着地球引力将越来越多的尘土和气体拉到一起，所有的东西也就被压缩得越来越紧密。于是这个球变得越来越热，尘土团块（主要是石头和金属）熔化到一起。地球发光了！

地球表面不会一直这么热。熔化的石头会冷却，在冷却的过程中变硬。于是地球变成了一个由硬石头和金属组成的球，就像今天这样。但地球内部一直没

地球曾经热到能够发光。

有冷下去。地球的中心非常热，热量一直从那里流散出来，有些地方仍然是熔化的。

我们一点点发现着有关地球起源的新线索。说起地球诞生的过程，有不少故事和信仰，可是没人真正知道究竟是怎么一回事。

现在地球表面已经冷却，但内部仍然炽热。

地球表面

散个步，用你的脚触摸一下地球的表面。在地上挖个小洞，摸一摸泥土。在小溪里玩水。深吸一口周围的空气。

你住在地球表面。地球的表层——地壳——是由岩石构成的。地球表层有些地方覆盖着土壤，很多地方覆盖着水。地球周围是空气。

大多数人住在大块的陆地上，这些陆地称为大陆。一块大陆就是一个巨大的岩石平台，它比岩石地壳的其他部分要高。

有些人住在称为岛屿的小块陆地上。有些岛屿是水下山脉或火山的顶端，另一些是由沙子或珊瑚形成的。还有一些岛屿是从大陆上分离出来的小块陆地。

大陆和岛屿被水包围着。水覆盖着地球表面差不多四分之三的地方。

你可以看到和触摸地球的表面。你能摸到泥土，看到水，呼吸地球周围的空气。

地球里面是什么？

你能挖个洞通到地球的另一面吗？不，这是不可能的。地球的中心在你脚下6400千米之外的地方，也就是说你离地球另一面差不多有13 000千米。这实在是太远了，不可能挖得通。而且这段距离的绝大部分是坚硬的石头，或者是热到熔化的金属！没有人能挖穿这样的东西。

如果有人要挖一个穿过地球的洞，他们得先挖穿一层岩石。这层岩石是很久以前地球表面冷却的时候形成的，称为地壳。海洋和大陆覆盖在地壳上。

地壳下面是另一层岩石，称为地幔。组成地幔的岩石与组成地壳的岩石不同。地幔越深处越热，底部热得可以熔化铁。

挖地球最开始是很容易的，但谁也不能一直挖到地球的另一面。

18

地球由4层岩石组成，每一层都比上一层热。

内核

外核

地幔

地壳

高温

地幔下面是一层熔化的金属——热得像黏糖浆一样的金属！这一层称为外核。

地球的中央是内核，它是一个炽热的、非常紧密的固体球。

地球由不同类型的岩石组成。

岩石工厂

地球是一个巨大的岩石工厂。科学家相信，它制造岩石已经有几十亿年了。

地球由三类岩石组成。一类是由地球深处

这块闪闪发光的石头叫做花岗岩，它是一种火成岩。

炽热的、像糖浆一样的液体岩石形成的。这些熔化的岩石称为岩浆。有时候一些岩浆会被挤到两层固体岩石中间，形成石头夹心饼干。然后这些液体岩石冷却下来，也变成固体。还有的时候，当火山爆发时，这些液体岩石从地球里面被挤出来，它们到达地球表面后冷却成为固体。

这类曾经是炽热液态的岩石称为火成岩。"火成"(igneous)的意思是"在火里形成的"。许多建筑物外墙所用的花岗岩就是一种火成岩。原始人用来做箭头的黑色玻璃一样的石头——黑曜岩也是一种火成岩。

试一试 ①

到海边或者乡间去玩的时候，你可以找一找不同的岩石，看看你能找到多少种。把每一块石头都洗干净，看它们潮湿和干燥的时候分别是什么样子。仔细观察每一块石头。它是一层一层的吗？里面有没有闪亮的晶体？它是光滑的还是粗糙的？把你的石头放在装鸡蛋的纸板盒里。你可以用多少种方法来对你收藏的石头进行归类？

另一类岩石是由"岩石粉末"形成的。风雨从大块的岩石上剥下碎屑，河流把这些粉末状的碎屑送入海洋。岩石碎屑与其他物质颗粒一起沉到海底，形成一层称为沉积物的东西。**沉积物**(sediment)的名字来源于一个含义为"沉淀"的词。在千千万万年的时间里，底层的粉末被新层的重量所挤压，慢慢变成一层坚硬的岩石。

在千百万年的时间里，地震和其他力量有可能把新的岩石层往上提升，直到它们成为干燥的陆地。

这块石头称为砂岩，它是一种沉积岩。

通过这种方式形成的岩石称为沉积岩。石灰岩和砂岩都是沉积岩。

第三类岩石是在地球深处形成的。热量和其他岩石的重量慢慢地把这些岩石变成另外一种，它们的新形式称为变质岩。"变质"(metamorphic)的意思是"经过改变的"。

大理岩是由石灰岩变成的变质岩。板岩是由泥巴变成的变质岩。大多数变质岩非常

这块石头称为大理岩，它是一种由石灰岩变成的变质岩。

古老，它们一直待在地底下，除非是**侵蚀**、地震或新形成的山脉把它们带到地球表面。

你所看到的所有岩石都是很久很久以前形成的。地球上发现的最古老岩石的历史超过30亿年。但是地球并没有停止制造岩石，它一直在消磨旧石头，造出新石头。

无所不在的矿物

做饼干需要很多原料——面粉、牛奶、鸡蛋、黄油、糖，各种原料混合在一起。石头也是这样，它们是矿物的混合物。矿物约有2000种，有些硬，有些软，有些有光泽，有些闪闪发亮。许多矿物与其他矿物混杂在一起。但有些是一块块或者一团团的，或者是其他类型的岩石层之间很大的一片片。

大多数矿物由微小的晶体构成。晶体有着平整的侧面和锐利的角。我们加在食物里

石墨是一种柔软光滑的矿物，它由许多扁平的层构成，层与层之间容易滑动。铅笔芯是用石墨做的，所以能够流畅地在纸上滑动，留下痕迹。

岩盐

水银来自一种叫做朱砂的红色矿物，朱砂通常存在于火山或者温泉旁边。

的盐是一种叫做岩盐的矿物，它由立方体形状的晶体构成。石英晶体是漂亮的尖角形。硫黄晶体看上去像一块块明亮的黄色玻璃。纯水银是一种熔化状态的矿物，即使在温度比较低的时候也是这样。铀有着平整的侧面，颜色暗淡。铀从不单独存在，总是与其他矿物混在一起，它有时用作发电的燃料。

铀

硫黄

巨人之路是什么？

在北爱尔兰的海边，竖立着4万根神秘的石柱，就像巨大的台阶。这些奇特的石头足足覆盖了5千米长的海滩！它叫做巨人之路。

根据古代的传说，有一位国王在两个国家之间用踏脚石造了一条路。这些石头把爱尔兰和苏格兰连接起来，它们必须足够大，好让巨人们能够在上面行走。

古代的人们编出这么一个故事来，是一点也不奇怪的，因为爱尔兰海边的这些石头实在是太特别了。每根石柱顶部的宽度都是46厘米，每一根都有6个侧面。看起来它们像是人工制造的，但实际上不是。它们是由火山形成的。

根据古代的传说，巨人之路是一位国王建造的。他用非常大的石头来造这条路，好让巨人们在上面行走。

巨人之路实际上是由火山形成的。

很久以前，**岩浆**从地球深处喷发出来，冷却之后收缩成一种叫做玄武岩的硬石头。石头再冷下去，就裂开成为很长的柱子。

北爱尔兰的这些柱子有6个侧面，其他地方发现的玄武岩柱子可能只有4个或者5个侧面。美国加利福尼亚州中部有一整座由玄武岩柱子构成的山崖，叫做魔鬼柱，看上去像巨人的篱笆柱。

培养你自己的晶体

没有生命的硬东西也会生长，这种想法看上去挺怪的，但晶体确实会生长。比如，山洞的墙壁上可能覆盖着一层特定的矿物，水沿着墙壁流下来，把这些矿物的晶体冲到地上。含有许多微小晶体的水在地上形成一个小水洼，水洼干涸之后，晶体就聚集在一起，形成更大的晶体。用下面的方法，你可以培养出自己的晶体。

你需要：
- 一根烟斗通条
- 一个玻璃杯
- 3/4杯热水
- 盐
- 一个勺子
- 一支铅笔
- 一个放大镜

怎么做：

1. 把烟斗通条的一头弯成好玩的形状，另一头绕在铅笔中央。

2. 让大人帮你在杯子里装上热水。

3. 向水里加几勺盐，每加一勺就搅一搅。如果看到盐不再溶化，就不要搅了。

4. 把铅笔架在杯子上面，确保烟斗通条弯成形状的那一头悬在热水里。

5. 小心地把杯子放在一个几天之内都不会被碰到的地方。

6. 几个小时之后，透过杯子观察烟斗通条，你会看到晶体在上面生长。

7. 几天之后，杯子里的水快要没有了的时候，小心地把烟斗通条从铅笔上解下来。不要碰到晶体——它们很容易碎。

8. 用放大镜观察晶体，看它们的平面和角。如果你喜欢，可以把你的晶体作品当作装饰品挂起来。记录晶体的变化。

蛋白石

钻石

珍贵的石头

亮晶晶，光闪闪。它们只是石头，小块的矿物，可是它们美丽又坚硬，非常珍贵。珍贵的意思是"有很高的价值"。珍贵的石头——宝石包括钻石、红宝石、祖母绿、蓝宝石和蛋白石等等。

钻石来自地球深处。它们埋在不再喷发的火山里面或者附近的岩石里。钻石刚刚被开采出来的时候颜色发灰、暗淡无光，切割和琢磨之后就变得闪闪发亮。

钻石是世界上最坚硬的东西，它可以切开石头。唯一能在一块钻石上留下划痕的东西是另一块钻石。

蓝宝石

红宝石

金刚砂是一种普通的矿物，但加上其他矿物的小颗粒之后，就会变成宝石。如果加进去的是一点钛和铁，它就会变成透明的蓝色蓝宝石。如果加进去的是铬，就变成暗红色的红宝石。如果加进去的是绿柱石，就变成深绿色的祖母绿。

祖母绿

诞生石

这张表显示被大多数珠宝商当作诞生石的宝石。

一月	二月
石榴石	紫晶
三月	四月
蓝晶 血石	钻石
五月	六月
祖母绿	珍珠　月长石 变石
七月	八月
红宝石	橄榄石　缠丝玛瑙
九月	十月
蓝宝石	蛋白石 电气石
十一月	十二月
黄玉	锆石　绿松石

什么是矿石？

铁

金属存在于地球上的岩石里。为了利用金属，含有金属的石头必须被开采出来，或者从地下挖出来。这些含有金属的石头叫做矿石。

许多矿石存在于称为矿脉的地下岩石层里。人们开采铁矿石，然后熔炼它，把金属从矿石里提炼出来。矿石与其他石头一起被放到一个巨大的炉子里，热空气被吹进炉子，当炉子足够热之后，液态的铁就

银

磁石

会沉到底部。然后铁水被倒进一个容器里，这个容器可以装许多吨熔化（或者说熔融）状态的铁。

钢是把铁加热并与少量的一种叫做碳的化学物质混合制造出来的。钢可以用来做汽车零件、盖房子、制造螺丝和曲别针。

铁铝氧石

铝很轻、很硬，并且不会生锈。它来自一种叫做铁铝氧石的矿石。为了制造出铝，必须先从铁铝氧石里提炼出化合物氧化铝。铝可以用来制造许多东西，包括罐子和锅、飞机零件以及口香糖的包装纸。

金矿石和银矿石很少有，有时候人们会发现金和银的天然金属。金和银都很重并且很软，它们被用来制造钱币和珠宝。

金

什么是化石？

想象一下，在8000万年前，一只巨大的恐龙沿着湖岸走着。它在寻找食物。恐龙看到了一些植物，就蹚着水走过去，但还没有走到植物旁边，它就踩进了一个很深的坑，坑里满是柔软潮湿的泥巴。恐龙在泥巴里越陷越深，终于淹死在里头了。

岁月流逝，恐龙身上的软组织都腐烂了，只剩下被泥巴包裹的骨头。在许多年的时间里，一层层沉积物堆积在泥巴上，使它紧紧地包裹着骨头。被压得很紧的泥巴最终变成黏土。又是许多年过去，黏土变成了石头。

在这个过程中，湖水里的矿物填塞了骨头里的孔洞，矿物质硬化，使恐龙的骨架得以

要把恐龙变成科学家们今天发现的化石，需要很多很多年。

保留下来。这些石头里面的骨头叫做**化石**。

化石还可以通过其他方式形成。而且，不仅仅是恐龙，许多生物都有化石，从虫子、植物到猛犸象都有。

科学家拼成的这副化石骨架属于一种叫做鹦鹉嘴龙的恐龙。

一只昆虫的化石

制造化石印

地球要用很长很长的时间才能造出化石印，但你可以用快得多的方法来制造。

你需要：

- 一块黏土
- 一个烤饼盘
- 一片叶子，一根小树枝或一个贝壳
- 一个大纸杯
- 240毫升熟石膏
- 120毫升水
- 一根搅拌棒

怎么做：

1. 把黏土放到烤饼盘里。把黏土抹平到大约2.5厘米厚。

2. 把叶子、树枝或者贝壳压到黏土里面，然后拿出来。如果印迹不够清楚，就再来一次。

3. 用搅拌棒把熟石膏和水在纸杯里搅拌混合，然后把混合物倒在盘子里的黏土上。

4. 让熟石膏干燥2~3小时，把黏土和石膏从盘子里倒出来，小心地把黏土揭下来，寻找你的速成"化石"。

现在你知道怎么制造化石印了。让大人帮你寻找真正的化石，可以搜寻的地方有河岸、海岸、山坡、河床以及石化森林。

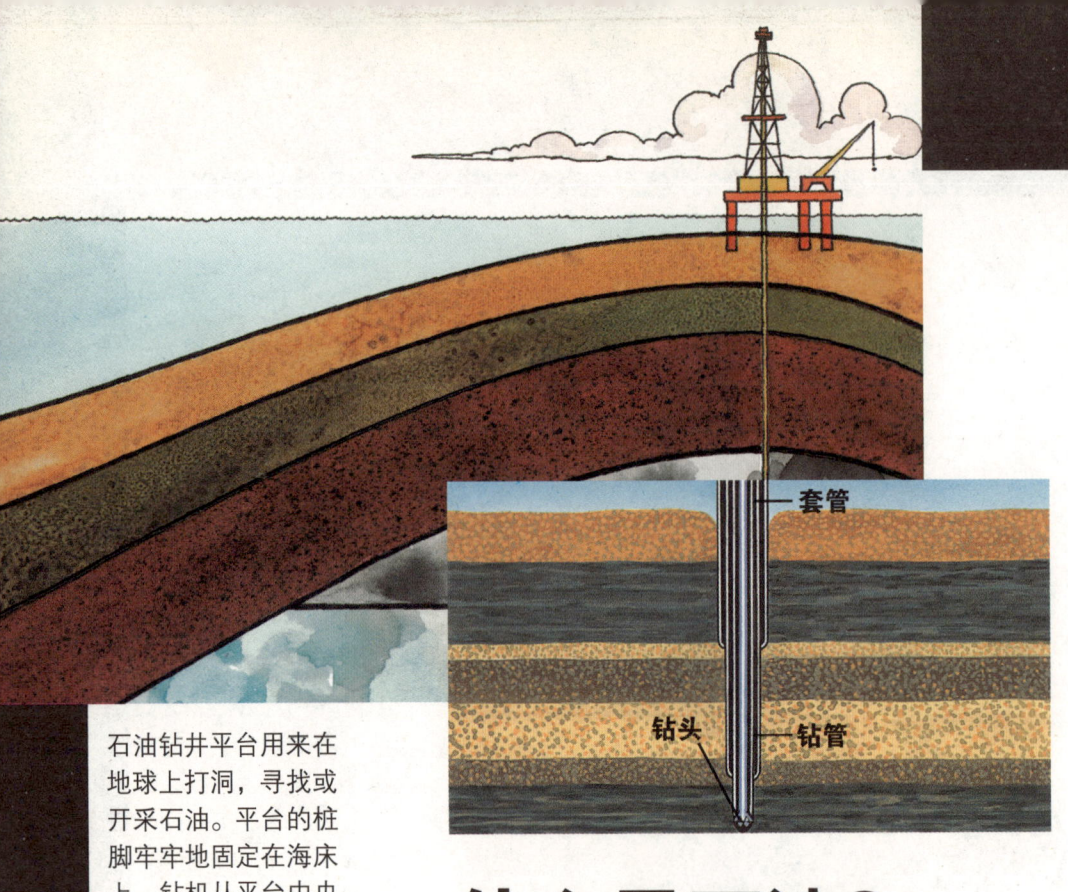

套管

钻头　　钻管

石油钻井平台用来在地球上打洞，寻找或开采石油。平台的桩脚牢牢地固定在海床上，钻机从平台中央往下延伸。

什么是石油？

你可能给自行车链子上过油，免得它吱吱嘎嘎地响。你知不知道，油也曾经是地球的一部分？它开始是一种叫做原油的黑色黏稠液体，存在于地壳深处的岩石层之间。原油也叫做石油。

原油是一种化石燃料，意思是，它是由千百万年前死亡的植物和海生动物形成的。在千百万年的时间里，这些死亡的植物和动物在海底堆积，厚厚的沙子和土壤层覆盖在上面。沙子和土壤在自身重量的作用下挤压到一起，水的重量把它们往下压。它们被挤压得非常厉害，以至于变成了石头。科学家相信，石头的重量帮助把堆积的死亡植物和动物变成石油。

今天人们用石油做许多事情，比如给房屋取暖，开动汽车、飞机、火车、轮船和卡车。人们还用石油来制造药品和塑料。

石油公司通过钻探地壳来开采石油。他们把藏在地下的石油泵出来，甚至把石油从海底以下泵出来。

由于石油有很多用途，它非常有价值。但地球制造石油需要千百万年的时间，所以我们必须确保不能浪费石油。

在这个钻井平台上面，有钻探到海底以下深处的所需要的所有机器。

什么人在研究地球？

研究地球的人是一些全世界最好的侦探，他们叫做地质学家。

地质学家帮助我们了解地球的**资源**，以及怎样对待它们。他们告诉我们应该怎样保护资源，怎样在必需的时候正确地使用资源。有些地质学家研究在哪里安全地建造房屋、桥梁和堤坝。这些科学家还研究怎样保护人们免受地震、洪水和其他自然灾害的袭击。

有的地质学家在山坡上凿石头，有的在海底钻探。他们有时在室内工作，用X射线观察岩石样本，在计算机上做研究和测试，或

地质学家研究凝固的火山熔岩。

者为他们想探索的地方绘制地图。

地质学家在全世界跑来跑去。他们探索山脉、沼泽、沙漠和海底，于是我们就可以更了解地球。他们穿过热带雨林，钻进地下的矿井，或者爬上冰山。

地质学家和其他许多科学家通过许多不同的方法揭开地球的秘密。人们有时把这些科学家叫做地球科学家。

环境地质学家研究怎样解决污染问题。他们寻找最好的办法来去掉有害的废物——那些对我们的健康有危险的物质。

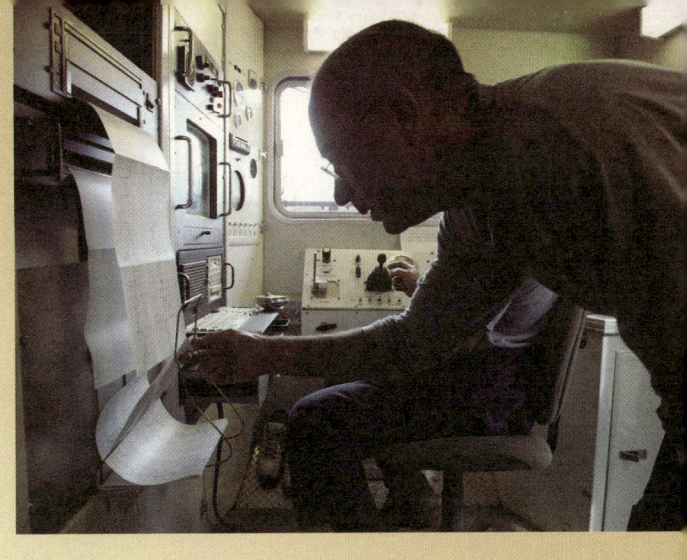

地质学家检查石油钻探信息。

全知道

"地质学"（geology）这个词来自拉丁语geolo-gia，意思是"对地球的研究"。

地质学家采集土壤样本。

气象学家研究天气和包围着地球的空气，预测天气状况。

采矿地质学家研究地球的岩石，以及把它们开采出来的方法。

矿物学家辨认和研究地球上发现的约3000种矿物。

石油地质学家在陆地上和海底寻找石油和天然气。

地震学家研究地球的运动，观察地震。大多数地震发生在水下。

气象学家研究天气信息。

石油地质学家在检查岩石样本。

地球化学家研究地壳里的化学物质、地球的水和大气，以及这些东西为什么在那里。

古生物学家研究动物和植物的化石，了解地球的过去。

地球科学家有很多种，但他们都有一个共同点：他们都喜欢研究地球，希望揭开地球的秘密。

古生物学家拿着一块化石。

地球的陆地

地球是一个巨大的球，但它不像你平时玩的球那样光滑。地球表面有许多坑坑洼洼，不过有些地方是光滑的。没有水的地方是陆地。

地球表面的一些区域在海底。你居住在地球的一块大陆上——或者一个岛屿上。你可能住在山上，山谷里，平原上或者沙漠中。

地球的板块

地壳看上去像是一整块巨大的石头，但实际上地球外壳分成约30块大大小小的碎块，它们像拼图一样能拼在一起。这些碎块就叫做板块。

板块在地幔里一层非常热的岩石上移动。板块移动得非常慢，每年大概只移动1.3～20厘米。

大陆坐落在板块顶端。板块移动的时

地球内部的热量使地幔上升。熔化的岩石冲破地壳之后，会冷却变硬，把板块推开。

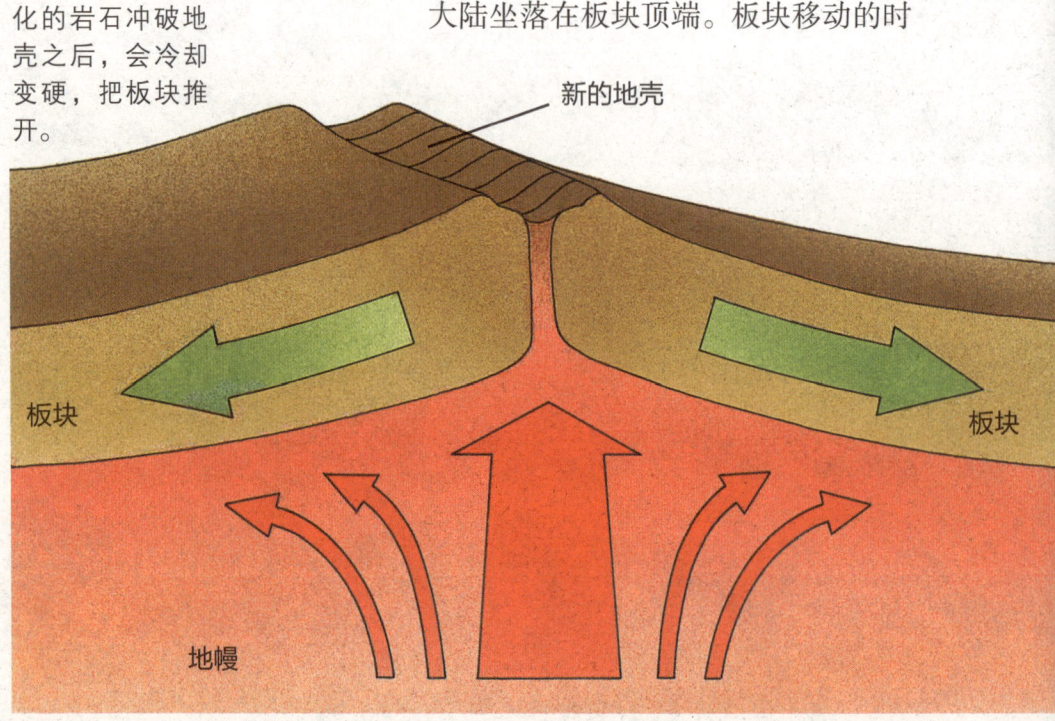

新的地壳

板块

板块

地幔

候，会带着大陆一起动。但并不只是大陆下面才有板块，海底以及陆地上的水域比如湖泊和河流下面也有。

在陆地上，大多数地方的板块厚度都是大约100千米。在海洋里，有些地方的板块厚度可能不到8千米。

板块移动的时候，大陆和海洋会慢慢发生变化。科学家认为，5000万年前，南美洲和非洲之间隔得比现在还要远。他们认为，那时候大西洋比现在更宽阔，而太平洋比现在要小。

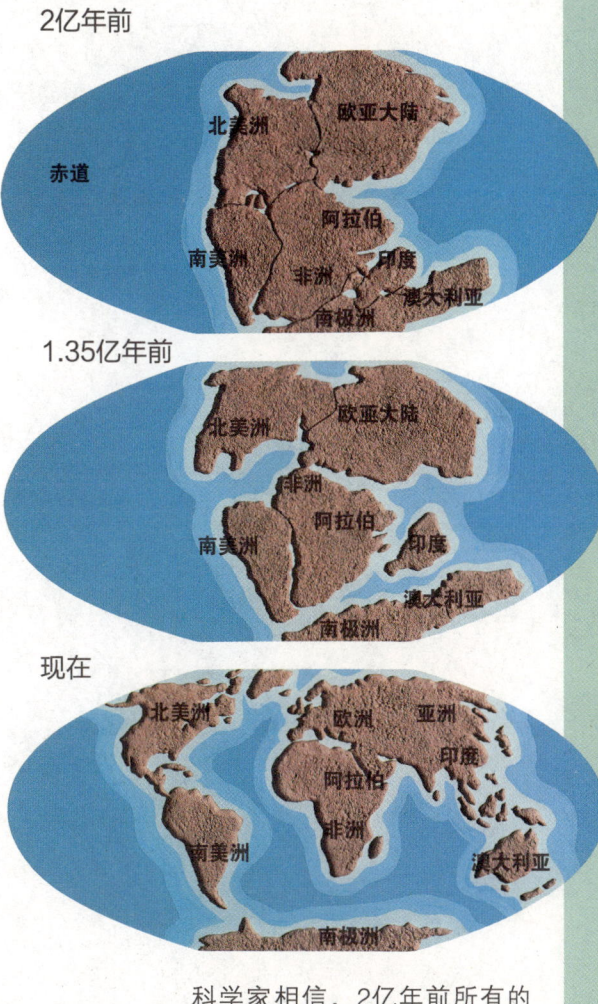

2亿年前

1.35亿年前

现在

科学家相信，2亿年前所有的大陆都连接在一起。在后来的岁月里，板块移动，带走了大陆。它们今天还在移动。

为什么会有山？

有些山只是长着草和树的地形比较陡的土堆；有些山则高耸在**大气**中，山顶覆盖着冰雪。很多山延展成长条，叫做山脉。

山是由地球上的许多作用力在很长时间

滑雪者攀上白雪覆盖的山，然后滑行而下。

里形成的。这些作用力使地壳的各个部分朝不同的方向移动，形成各种不同的山。

山脉是非常重要的，因为它们影响着**气候**，还影响着周围陆地上的水流。它们是怎样做到这一点的呢？空气升到**海拔**很高的地方之后会变冷，冷空气含的水比热空气少，所以当热空气在山顶附近冷却下来的时候，就会以雨或雪的形式把水释放出来，这些雨和雪为附近的河流和小溪提供水源。山的重要性还在于，它们是植物和动物生长生活的地方，并且是矿物的来源。

科学家说，地球上的山有千百万年的历史。最年轻的那些山，它们的山顶是尖的，崎岖不平。老一些的山就比较平滑，山顶是圆形的，它们在漫长的岁月里被风雨磨损了。

所有的山都会被磨损，或者说被**侵蚀**，就算它们还在长高也是这样。雨水把岩石的微小颗粒冲走，风会带走灰尘和泥土。

水渗进石头的裂缝里，然后结冰。冰的体积比水要大，所以会把裂缝撑大。就这样一遍又一遍，石头终于裂开了，碎石落到山坡上。在千百万年的时间里，所有这些力量都磨损着山。

山有5种不同的类型。

褶曲山：地壳的片断迎头相撞而形成。相撞使地壳里的岩石层变成褶皱和折叠的样子，通常会形成波浪一样的形状。

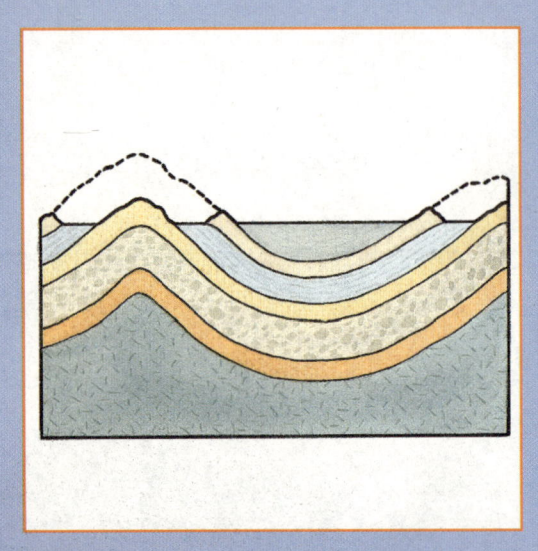

褶曲山

断块山

50

断块山：地震使地壳断裂成大块、翘起或抬升出地面而形成。

穹形山：地球内部的力量把地壳向上推，产生一个巨大的山包，或者叫做穹顶。

侵蚀山：河流或冰川从高处的平缓岩石地带上面流过，冲刷出山峰和山谷。

火山：岩浆从地下深处喷发出来而形成。岩浆冲出，堆积在地面上。

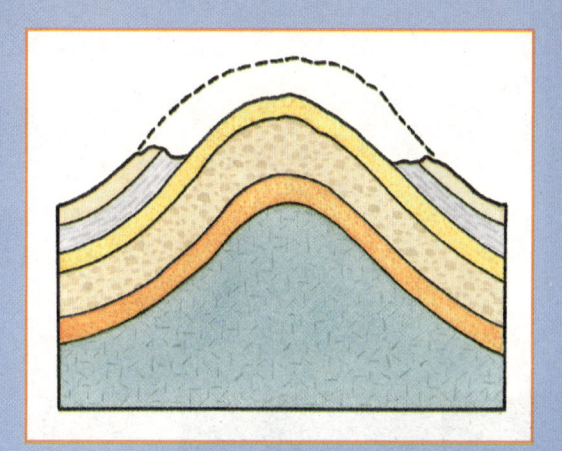

穹形山

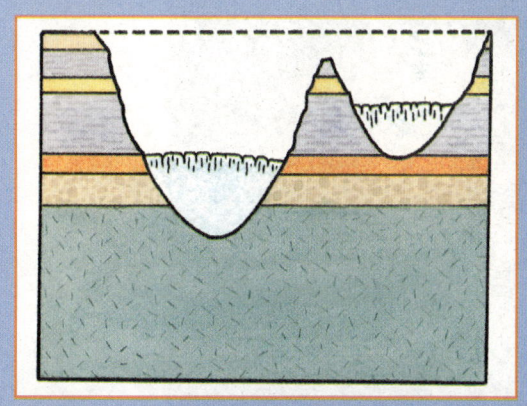

侵蚀山

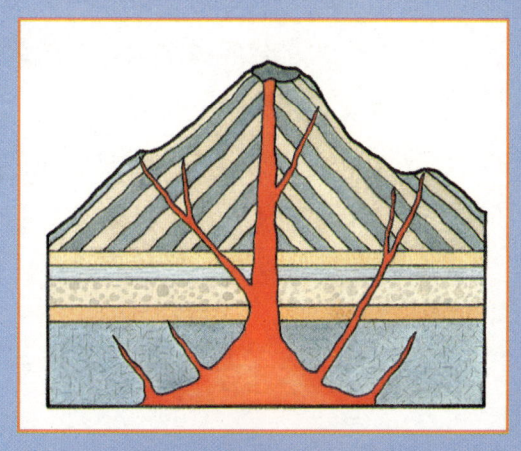

火山

为什么山会爆炸?

火山是一种特别的山，它是自己把自己造出来的！从地缝里喷出来的滚烫的石头形成了火山。

火山源于地球深处。在那里，热气的力量把熔化的岩石往上推。伴随着低沉的巨响，地面开始摇动，然后突然裂开。滚烫发红的石头喷向天空，熔化的岩石流到地面上。随着火山爆发，还可能出现地震和爆炸。天空被烟雾和灰尘组成的大片乌云遮住。

这些熔化的岩石叫做**岩浆**，流到地球表面的岩浆叫做**熔岩**。有的熔岩黏稠得像糖浆，有的稀得像汤。

稀薄的岩浆停止流动并且冷却时，会变硬成为光滑的石片。比较黏稠的岩浆冷却后会变成粗糙不平的石片。

火山把滚烫的石头喷向天空。

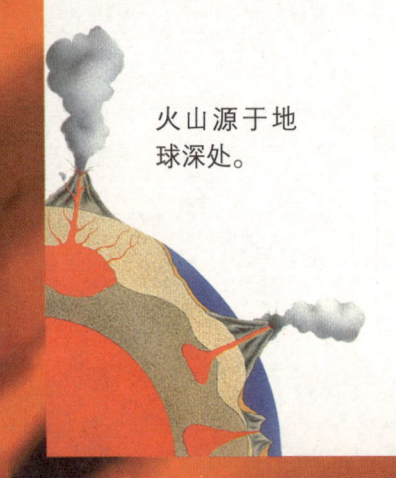

火山源于地球深处。

发着光的炽热熔岩流过地面。

更多的岩浆喷出地面，落在已经冷却的石头上。灰尘和石头堆积起来，一座新山就这样出现了。这种山是圆锥形的，中间有一条很深的通道。

熔岩冷却之后变硬，成为光滑的石片。

试一试

2

注意这个实验要在屋子外面做！

把一叠很厚的报纸放在一个大盒盖里。在盒盖里堆一个沙堆，把一个罐子埋在中间，罐子开口的那一头向上。往罐子里装三大勺小苏打，再加进几滴红色的食用色素和半杯水。最后往里面加大约一整杯醋。看看会怎么样？小苏打遇到醋之后会产生一种气体。你的火山开始冒泡，这就有点像真正的火山里面充满气体的岩浆喷发出来的样子。

一座岛屿的诞生

一天又一天，空气中充斥着巨大的爆炸。滚烫的石头和灰尘从海底冒出来，把海水烫得嘶嘶地响。很快，一个由黑色熔岩组成的大石堆从海水里冒出来。在遥远的海上，一座新火山诞生了。

新火山升出海面之后，就成了一座岛屿。这个岛位于冰岛南部海岸附近的海面上，叫做苏特西。它实际上是一座水下火山，山底

苏特西是冰岛附近海域里的一座火山，它在1963年11月至1967年6月之间喷发。

在海里。

在整整4个月的时间里，巨大的爆炸把蒸气和灰尘喷到空中，蒸气有时能喷到最高6千米的地方。然后火热的熔岩开始流出来，熔岩遇到冷水之后变冷、变硬，形成一座圆锥形的山。这座火山喷发了大概三年半。

现在苏特西岛的面积大概有2.6平方千米。远远看去，岛上好像没有生命的迹象。但上岛考察的科学家在那里发现了昆虫和蜘蛛，还有被鸟、风和水流带来的种子生长出的植物。

苏特西岛上的一次火山喷发之后，岩石在早晨会冒出蒸汽。

大地摇动

大地摇晃着，震动着，隆隆作响。整块的地面动了起来，看上去连山都在动。这究竟是怎么回事？地震了！

这条路在地震中塌陷。

地球一直在颤动！每天地球上会发生8000次到1万次地震，大多非常轻微，人们感觉不到。大地震很少发生。

地震是由什么引起的？它发源于地壳中。地壳里的压力逐渐累积，挤压岩石，使岩石弯曲。如果你把一根棍子掰弯足够长的时间，它会啪的一声突然断掉，石头也是这样。岩石折断的时候，抖动和震动飞快地穿过地面。有时候会发出低沉的隆隆巨响，有时整块的地面动起来。

每年地球上强烈到足以被人发觉的地震有成千上万次。有些人住的地方经常会发生小地震，吊灯和悬挂物轻轻摇晃，盘子发出喀喀的响声，汽车抖动。

如果地震很强烈，建筑物的墙会开裂，桥梁会倒塌，输电线路中断，还会发生火灾。发生非常可怕的地震时，地面会裂开。

研究地震的人叫做地震学家。他们测量震动的运动情况以及造成的损害，还努力预测什么时候会发生地震，以便提前警告那些可能会面临危险的人。

什么是谷地？

如果陆地最高的地方叫山顶，那最低的地方叫什么？没错，就是谷地。

大多数谷地最开始都是一块平地，有溪水或河水流过。河流把土地的碎片冲刷下来带走，使河道越来越深，并且改变周围陆地的模样。

很久以后，水流在地里冲刷得越来越深，形成陡峭的河堤。风雨侵蚀河堤，使谷地变宽。

谷地里水流过的地方叫做谷底。随着谷地变宽，它的底部和两侧也会变样。形状狭长、两侧陡峭的谷地叫做峡谷。如果谷地位于地势比较低的平地

位于亚洲西部阿塞拜疆的这个山谷，是由一条河流经过千万年的冲刷而形成的。

两侧非常陡峭的谷地叫做峡谷。

上，就可能扩展得非常宽。有许多谷地宽到里面可以居住人。

大多数谷地是由水流冲刷出来的，但也有一些是通过别的方式形成的。有些谷地由地面下沉产生，比如约旦和以色列之间死海所在的谷地，它是地球上地势最低的干燥陆地。还有的谷地位于山脉中很高的地方，在那里，移动的冰雪堆——冰川刮擦出很深的山谷。甚至有一些谷地在海底。

约旦河谷是地球上最低的陆地，它的尽头是死海。

什么是平原?

你在外面旅行的时候有没有遇到过这样的情况，头顶的天空看起来比周围的大地要宽广？如果有，那么你可能来到了地球上一种叫做平原的地方。平原的地面非常平，朝四周都可以看得很远。

大多数平原地势比周围的陆地要低，但它们不像谷地那样深。许多人居住在平原上，因为平原的土壤非常适合耕作，而且在平原上建造房屋和道路也比在山地上容易。

有的平原在沿海，也有的在内陆。沿海平原是沿着海岸延伸的低地，它们有可能是海床升起的部分，还有些是由海水从其他沿海平原带来的固体物质形成的。沿海平原通常从海平面往上延伸，直到与更高的陆地比如山脉相连。

有些内陆平原在很高的地方。覆盖美国和加拿大部分区域的美国大平原从海拔600米的地方斜向延伸到海拔1000米的地方，最高处与落基山脉相连。

在空气潮湿的沿海平原生长着茂密的森林。其他平原，比如那些天空看上去特别宽广的平原上，树木很少，但有着茂盛的草丛。

美国科罗拉多州丹佛市及其周围的广阔地区，是高平原的一部分。

大多数人想象中的沙漠是这个样子，但这只是各种沙漠中的一种。

什么是沙漠？

耀眼的阳光照在广阔的沙海上，沙堆延绵成巨大的黄色波浪，直到天地尽头。空气非常热，从沙地上升起时仿佛在闪烁。目光所及之处，一丝绿色植物的痕迹也没有。

　　大多数人想到沙漠时，所描绘的都是这么一片宽广无垠的炎热沙地。但实际上沙漠有许多种，有的是几乎没有植物的沙地，但也有沙漠是长着多种植物的平地。有的沙漠是海边的荒漠，有的是高山上的砂石地带。有的沙漠一年到头都非常热，也有的沙漠只有在夏天才会炎热或者温暖。

不过，有一个特点是所有沙漠都有的：很少下雨。有的沙漠地区会下雨，但通常不会很多。有的沙漠地区隔几年才会下一点儿雨。还有的沙漠实在太热，雨滴还没来得及到达地面就蒸发了！有些沙漠地区会下暴雨，形成突发的洪水，因为地面吸水的速度不够快。

科学家说，有些沙漠原来是植物茂盛的肥沃地区。气候变化使这些地区不再下雨，把陆地变成了沙漠。

这片沙漠里有石头山丘以及只需要很少的水就能生存的植物。

有一种沙漠里有塔一样的石头。

沙丘的形状一直在变化，因为沙粒
很容易被风吹得到处跑。

全知道

沙漠里并不是所有的地方都很干燥。在有些地方，地下水离地面很近，涌到地面上成为井或者泉眼，形成绿洲。人们在绿洲附近居住，在绿洲里耕作。

干燥的风低语着从高高的石质沙漠里吹过，这些沙漠很少会发生什么变化，一年年看起来都是老样子。但是在沙子堆成的沙漠里，过上一年去寻找同一个地方，就很难找到了。沙子堆成的小山叫做沙丘，它们会移动，形状也会不停地变化。

　　沙漠里有两种沙丘。一种是新月形的，也就是类似半个圆弧的形状。这种沙丘渐渐长高，在风吹过来的方向上形成很长的斜坡，另一面很陡。

　　还有一种沙丘沿着风吹的方向形成波浪形的长脊，两边的斜坡是一样的。

　　风不停地改变着沙堆的形状。随着沙粒的移动，沙丘的位置也会改变。沙丘移动时会给沿途的建筑物造成很大的破坏，有时候会摧毁城镇。

风有时候会把沙吹得堆积成波浪形的长脊。

海底

海底有着山脉、平原、深谷甚至火山！海底山脉比陆地上的山脉更长更宽广，海底的山谷也比陆地上的更长更深。

地球表面覆盖着一层岩石组成的地壳，其中比较高的地方是大陆和岛屿，比较低的地方在海底。最深的地方是叫做海沟的狭长谷地，地球上最深的

大陆

岛屿

山

海沟

海沟有些地方有11千米深。

海底耸立着巨大的山脉。有些地方，海底的高山伸出水面。这样的山有许多是火山，夏威夷就是由火山岛组成的。

海底的巨大山脉叫做海脊，冰岛就是大西洋中央一条海脊的一部分。太平洋里有一些比较小的海脊。

陆地上各种各样的地形，在海底都能找到，这是不是很让人吃惊？

海底并不是平的。就像地球上其他地方那样，海底也有山脉、谷地、沟渠和火山。

水下火山

冰天雪地

冰川是一大堆冰，它们在寒冷的极地或者高山山谷里慢慢移动。冰川最初是山顶的雪，随着更多的雪落下来，新雪

有些冰川的尽头会融化形成河流。

的重量挤压着旧雪，使雪堆底部变成冰，这些冰就形成了冰川。

冰川有两种，一种看上去像冰的河流，从山顶流下。另一种看上去像蛋糕上面的糖霜，有时会覆盖整条山脉甚至整块大陆。

冰川到达冻土边缘时，里面会出现巨大的裂缝。随着一声打雷般的巨响，冰川上裂下巨大的一块，掉到海里漂走了，这个大块就叫做一座冰山。

围绕着南极的陆地——南极洲被一片巨大的冰川覆盖着。南极洲表面的冰盖超过1.6千米厚，冰盖下面是山脉、谷地和平原。

试一试

1

怎样知道一座冰山露出水面的部分有多少？把一块冰丢进一杯水里，透过玻璃杯观察，你会看到冰块的大部分都在水下。杯子里的这个小小冰

块，与海洋里的巨大冰山，在这一点上是一样的。

海洋、湖泊与河流

从太空中看，地球是蓝色的，因为它表面大部分被水覆盖着。我们要去探索地球上的水了，你准备好了吗？

关于地球上的水，有许多东西等着我们发现，包括大海、长河、小溪以及大大小小的湖泊。

地球的海洋

你觉得地球上是陆地多还是海洋多呢？你会不会相信，这颗行星的大部分区域是被水覆盖的？这可是真的。我们所居住的陆地，甚至巨大的大洲，实际上也像是海洋里的大岛。

海洋的不同部分有不同的名字，所有这些部分连接成为一片巨大的水域。最大的两块是太平洋和大西洋，其他还有印度洋和北冰洋。有些人把南极周围的水域叫做南冰洋。你能在地球仪上找出这些不同的大洋吗？

海洋是从哪里来的？许多科学家说，几十亿年前地球的表面是冷的，但地球里面非常热。地球内部的热量使化学物质涌到表

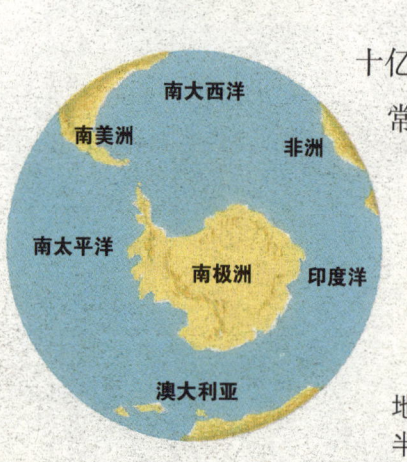

地球上南半球和北半球的大洋。

我们所说的"海"，有时候指的是地球上的一片大洋或者全部大洋，不过也有一些叫做海的水域比大洋要小。

面，其中有些物质产生了水。经过千万年的时间，这些水填满了地球上的低洼地区。

从太空中看到的地球上的大部分海洋。

海浪是怎么形成的?

在平静的天气里，你会听到海浪涌动、浪花飞溅的声音。暴风雨天气中，海浪会发出巨大的轰隆声。

海浪是风在水面上吹过而产生的。海水看上去是在向前移动，实际上它们只是在上下起伏。海浪运动时，浮在海面上的瓶塞会上下晃动。向前移动的只是海浪的形状。

海浪到达陆地时会"破裂"，底部在浅水区的地面上拖动，顶部则继续运动，泼溅

一位冲浪者驾驭着海浪。

到海滩上，然后退回来。只有在海边，海浪中的水才会前后运动，其他地方的水都只是上下运动。

最大的海浪是由海底地震引起的，它们叫做海啸。在离海岸几百上千千米的地方，海啸的浪高可能只有30厘米到60厘米，船上的人甚至感觉不到它。但当海啸到达陆地的时候，就会形成高度超过30米的水墙。

试一试

1

观察波浪的运动。把一条绳子系在树上或邮箱上，抓住绳子的另一头抖动，你会看到有一个波形沿着绳子运动。波在上下运动，但绳子总在原来的地方。

海水为什么是咸的？

在大海中央，被延绵千万里的海水包围着，口渴的时候却找不到一滴水喝。为什么？因为海水里充满了盐，喝下去只会觉得更渴。

海水之所以是咸的，是因为河流把盐分带到海里。所有流下山坡、流经陆地的河流都冲刷带走了许多矿物质，这些矿物质中的大多数都是各种各样的盐。河流把这些盐分带到海里。

多数河流里所含的盐都不足以让河水变咸，但在千百万年的时间里，河流一直在往大海里倾泻盐分。到现在，海洋里所含的盐足以把地球上所有的陆地盖上几百米厚的盐层！

这些卡车里装着成堆的盐。海水蒸发后留下盐，盐干燥后被装进卡车里。

你的植物喜欢盐吗？

试一试
2

　　淡水植物能在咸水里生存吗？你可以用下面这个方法弄清楚。

你需要：

- 2个小金鱼缸或者2个大敞口瓶子，相像就可以了
- 从花鸟市场买2棵种类和大小相同、用于淡水水族箱的健康水草
- 水族箱的底沙
- 食盐
- 1把勺子
- 1支钢笔，胶带，2张小纸片

怎么做：

1. 把两个鱼缸的缸底都铺上沙，装满水，放进一棵水草。

2. 把两个缸都放在阳光充足的地方，比如窗台上，或者放在荧光灯下。

3. 在其中一个缸里加一勺盐，贴上写着"有盐"的纸条。在另一个缸上贴"无盐"的纸条。观察一个星期，看看会发生什么事。

　　咸水里的淡水水草枯萎了。如果时间够长，它就会死掉。植物能生活在含盐量处于特定水平的水里，如果水里含盐太多或太少，它们就长不好。

当海洋遇到陆地

在海洋与陆地相接的地方，不管是小岛边缘还是大陆沿岸，总是会有海滩。

海滩是由沙子、小石子或大石头组成的长条形地带，它是由大海制造的。在成千上万年的时间里，海浪冲刷着岩石海岸，把石头拖来拖去，使它们碎成小石子。然后海浪让小石子互相磨来磨去，又是成千上万年。很久以后，小石子被磨成了细碎的沙粒。许多湖岸也是这样形成的。

海水把石头拖来拖去，石头相互摩擦，形状变圆，表面变得光滑。

海浪逐渐将石头磨成沙粒。

全知道

在白天，码头的高度看上去是会变化的，这是因为水位在发生变化。随着地球的运动，海潮每天都会涨落。水淹到码头支架上较高的地方时，叫做高潮，水位下降之后叫低潮。

海洋造就地貌

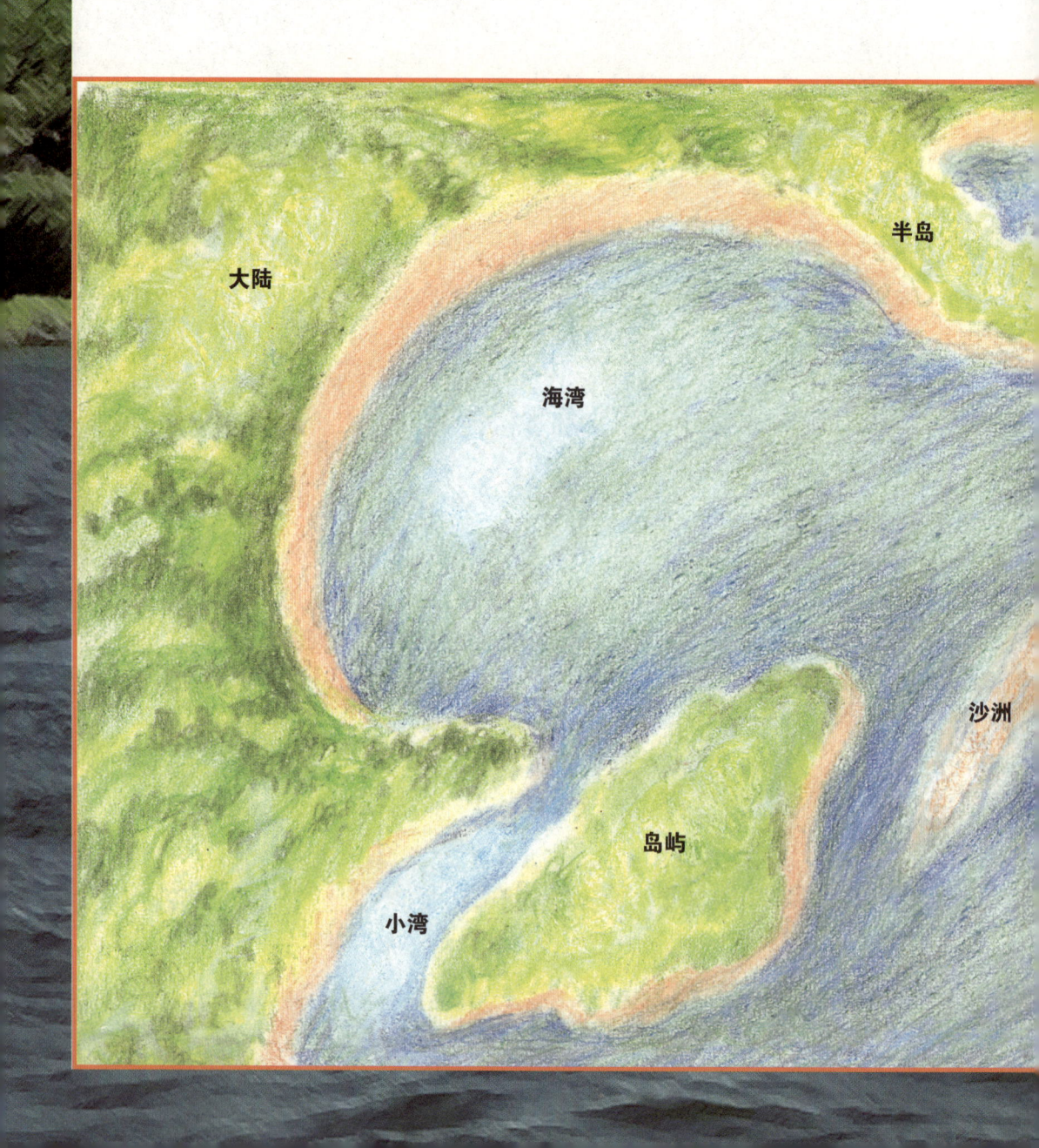

大陆

半岛

海湾

沙洲

岛屿

小湾

水在陆地上奔流时，会形成许多不同的水体和陆地区域。下面是一些用来描述这些地方的词汇。

海湾是海洋或湖泊的一部分延伸进陆地所形成的。从飞机上看，海湾通常像一个巨人把陆地咬了一大口，水流进去把缺口填满了。

小湾是一片狭窄的水域，延伸进陆地，或者从岛屿之间流过。小湾通常是手指形状的。

几乎完全被水包围、有一小部分与大陆相连的陆地称为**半岛**。

海浪把岩石碎片击打到水中时，碎石有时会被冲上沙滩，或者沉在沿岸的浅水里。随着碎石越积越多，海中就会长出一片新的长条形沙地，叫做**沙洲**或者**岬**。

一股泉水从岩石中喷涌出来，汇入下面的河流。

泉水

支流

瀑布

河流的起点和终点

在高高的山上，雪融化了。有些融化的雪水沿着山坡向下涓涓流淌，走着最快捷的路线。这些水流很细小，你一脚就可以跨过去。

还有一种细流来自地下水，它们从石头下面涌出来，叫做泉水。这些细流与融化的雪水汇合在一起，形成一条更宽、水流更快的溪流。它沿着山往下流，速度越来越快。更多的溪流或者说

支流汇集到一起，形成河流。

年复一年，奔腾的水夹着土壤和石头，在山坡上冲刷出一条沟。这条沟的底部是河床，两侧较高的地方是河岸。

奔流的河冲下悬崖，形成轰隆作响、飞流直下、水花四溅的瀑布。

在山脚附近比较陡的地方，急速奔流的河水侵蚀了松软的石头，只剩下坚硬的石块矗立着。河水盘旋着流过石块，溅出许多泡沫。河流的这个部分叫做险滩。

尼亚加拉河奔下悬崖，形成了美国和加拿大之间的马蹄瀑布。

全知道

有个东西，一端有个头，另一端有张口。猜猜这是什么？是河！源"头"是河流开始的地方，河"口"是河流结束的地方。

险滩

险滩过去之后，地面变得平缓，河水流动的速度因此变慢。河流离开高山，进入了平原。

这条河与来自其他山区的河交汇到一起，形成一条宽广的大河，蜿蜒着缓缓地流过平原，流向大海。如果河水涨过河岸，就会留下泥土、沙子和淤泥，形成一块平坦的地方，叫做冲积平原。

位于海边的河口往往像是河流的垃圾场。河水里夹带着泥沙，如果河口的水流平缓，泥沙就会在河床底部堆积，经过很长时间，它们会堆积成小岛。河水绕着小岛流过，分成许多条支流。

很久以后，河流入海口会出现一大块形状有点像三角形的土地，叫做三角洲。

全知道

世界最长的河流是尼罗河，它长6695千米，从非洲东北部流进地中海。

河流蜿蜒着流向大海，在陆地上冲刷出弯弯曲曲的形状。

冲积平原

位于孟加拉国的恒河三角洲。

河口

三角洲

最初那些融化的积雪形成的涓涓细流，流过漫长的距离，从高山之上的河流源头流到了入海口。

跟着河流前进

现在你知道河流的各个部分是什么了。试试看你能不能帮这个小姑娘给河流的各个部分标上正确的名字。

答案在第87页找。

1. 三角洲
2. 河口
3. 泉水
4. 瀑布
5. 冲积平原
6. 险滩
7. 支流

答案：1D, 2B, 3C, 4F, 5E, 6A, 7G.

河水上涨，淹没
两岸的田地。

为什么
河水会泛滥？

人们大声喊着"水涨了，河水流到街上了，往高处跑，发洪水了！"

平时干燥的地方被水淹了，就是发洪水。河流带来的洪水最多。通常，落到地上的雨水大部分会流进附近的河里，冰雪融化成的水也会流到河里。所以，如果下了很长时间的暴雨，或者有很多冰雪融化，就会有千百万吨的水倾泻到河里。

不停地往浴缸里放水的话，水最终会溢出来。河水也会像这样溢出来，越过河堤，淹没附近的土地。

有些河流有规律地泛滥。为了防备洪水，附近的居民把沙袋沿着河堤堆放，这可以阻止一些水溢出河堤。

湖泊和沿海有时也会发生洪水。**飓风**和其他的大风暴会在沿海地区造成洪水，强风把巨浪送进陆地，海岸很快就被水淹没。

在一些经常洪水泛滥的地方，人们把房子盖在支柱上。这样即使发生洪水，房子也能保持安全和干燥。这里的人利用船作为交通工具。

一道特别高的海潮淹掉了房子。

这是德国的一个湖。

什么是湖泊？

湖泊是被陆地包围的水域。有的湖非常大，我们站在岸边看不到对岸。北美洲的苏必略湖是世界上最大的淡水湖，面积有82 100平方千米。

有些叫做海的水域实际上是湖，因为它们被陆地包围着，比如里海，它是世界上最大的咸水湖，位于欧洲和亚洲之间，面积有372 000平方千米。

大多数湖就像是地面上一个装满水的坑，很多这样的坑都是由冰川挖出来的。

很久以前，巨大的冰河从北方流下，覆盖了地球上的许多地区。冰川慢慢移动时，会在地上挖出大坑，并且使山谷变得更宽、更深。然后冰川开始融化，许多这样的坑被水填满，变成了湖。

多知道

湖泊和池塘有什么区别？池塘非常小，通常浅得阳光可以照到水底。

这个湖泊位于山谷中，这个山谷是很久以前由冰川形成的。

这个干涸的湖在暴雨之后就有水。

有些湖是地面塌陷后留下洞穴而形成的，这种情况通常发生在地面由石灰岩构成的地方。年复一年，雨水溶解松软的石灰岩，留下孔洞和通道。

最后这些通道的上层塌陷，形成陷洞。雨水或来自地下的泉水以及溪流填满陷洞，形成湖泊。

一段河流也可能变成湖泊，有时候河里淤积了太多的泥沙，河水倒灌，形

有些湖是由一些死去的火山被雨水填满而形成的。

成天然湖。人们可以通过建造大坝来制造一个湖，大坝阻截水流，使水沿着河岸摊开，形成湖泊。

试一试

1

叫大人把一个敞口瓶装满湖水，看水有多清澈。把它放一小时，观察瓶底沉了多少灰尘和沙子。

为什么
湖泊很重要?

你可能知道,湖泊能给我们提供食物和饮用水。但你知不知道,湖泊还能用于交通和提供能源?

许多湖泊在渔业上很重要。住在南美洲的的喀喀湖边的人们就是靠种庄稼和从湖里捕鱼(比如鳟鱼)为生。还有的湖能够支持大规模的渔业,比如加拿大温尼伯湖。

湖泊对航运也很重要。北美洲的五大湖互相连接,通往大西洋。来自世界各地的船只可以利用这些湖泊,把货物运到湖边的许多重要城市。

委内瑞拉的马拉开波湖是南美洲最大的湖泊,湖里和沿岸有许多油井。人们在伊朗北部里海的底部发现了石油和天然气。

密歇根湖将芝加哥与北美的其他大湖以及全世界的海洋连在一起。

湖泊对野生动物也很重要。世界上最深的湖——俄罗斯的贝加尔湖里，生活着许多别处没有的独特野生动物，比如一种叫做胎生贝湖鱼的鱼类，还有世界上仅有的几种淡水海豹之一——贝加尔海豹。维多利亚湖是非洲第一大湖、世界第二大湖，火烈鸟和其他鸟类在湖边觅食，湖里还生活着多种热带鱼。

这座印度庙宇位于印度尼西亚巴厘岛的一个湖泊岸边，它看上去就像浮在水上。

火烈鸟在非洲的一个湖里涉行。

95

地下水

地球上的水并不是全都在湖泊、池塘、河流和海洋里，还有许多水就在你脚下——地底下。

雨水落下，冰雪融化，许多水渗进地下。它们流过土壤里的洞穴和裂缝，直到遇到坚硬的岩石。到这里，水就不能再继续往下流了，于是它四处流淌开来，填满地下的每个角落和缝隙。

地下水的顶层叫做地下水面。雨水很多的时候，水很快填充地下的空隙，于是地下水面升高。

有些地方的地下水面一直高到地面，水就会涌出来，形成天然喷泉。

你知道吗？你脚下的土地下面有很多水。

岩石

岩石

泉水

地下水面

湖水

间歇泉是热水喷泉，它们是河流或湖泊里的冷水渗透到地下以后，遇到地壳深处的热石头形成的。热石头把水变成蒸气，蒸气冲出地里的裂缝，喷到空中。有的间歇泉隔几个月才喷发，还有的一小时喷发几次。有些最著名的间歇泉能把热水和蒸气喷30多米高。

地下水通常凉爽干净，适合饮用。人们往往用打井的方法来取得地下水。地球上几乎所有的地方都有地下水，甚至沙漠里也有，但是沙漠里的地下水通常在离地面非常非常深的地方。

地下水面

什么人在研究水？

许多科学家研究海洋，探寻海洋的秘密。他们研究海洋怎样运动、怎样影响大气，还研究海里的生物和海底的地形。

研究海洋的科学家叫**海洋学家**。他们有时

海洋学家在南极洲附近的这艘科研船上工作。

候在船上工作。有的人穿着潜水服、带上氧气罐去探索水下世界，有的人使用小型潜艇。他们用水下照相机拍摄海底的照片，还有生活在海里的动植物的照片，有时候用机器人采集泥

海洋生物学家研究一条大白鲨。

沙样本用于研究。有些科学家研究海浪、海潮和洋流的运动方向和强度。

海洋学家中有一些叫做**海洋生物学家**，他们研究海洋、湖泊和河流里的植物、鱼类和其他动物，观察这些生物的健康和生长状况。

海洋学家中的**地震学家**研究海底发生的地震。火山爆发是造成地震的原因之一，所以地震学家经常跟踪研究火山活动。

地震学家研究火山岩。

空气、风和云

人在游泳时浮在水上。云浮在空气里，飘过天空。什么是云？为什么它们浮在天上？它们为什么会飘？

地球周围是什么？

很久以前，人们相信天空是盖着大地的屋顶。现在我们知道，地球周围包着厚厚的一层空气，就像橘子外面的皮。但跟橘子皮不一样的是，地球的空气是流动的，并且延伸到离地面很高的地方。这层流动的空气罩是多种气体的混合物，它叫做地球的**大气**。

云是地球周围大气的一部分。
大气的外面是太空。

空气覆盖着地球上所有的地方，地球的引力把空气吸住。在靠近地面的地方，空气比较厚，或者说比较重。离地面越高，空气就越稀薄。在离地球表面最远的地方，空气稀薄到完全消失。那就是太空开始的地方！

多知道

如果没有空气，地球上就没有声音。声音需要通过空气传播。

地球的大气分为几层，我们住在对流层里。

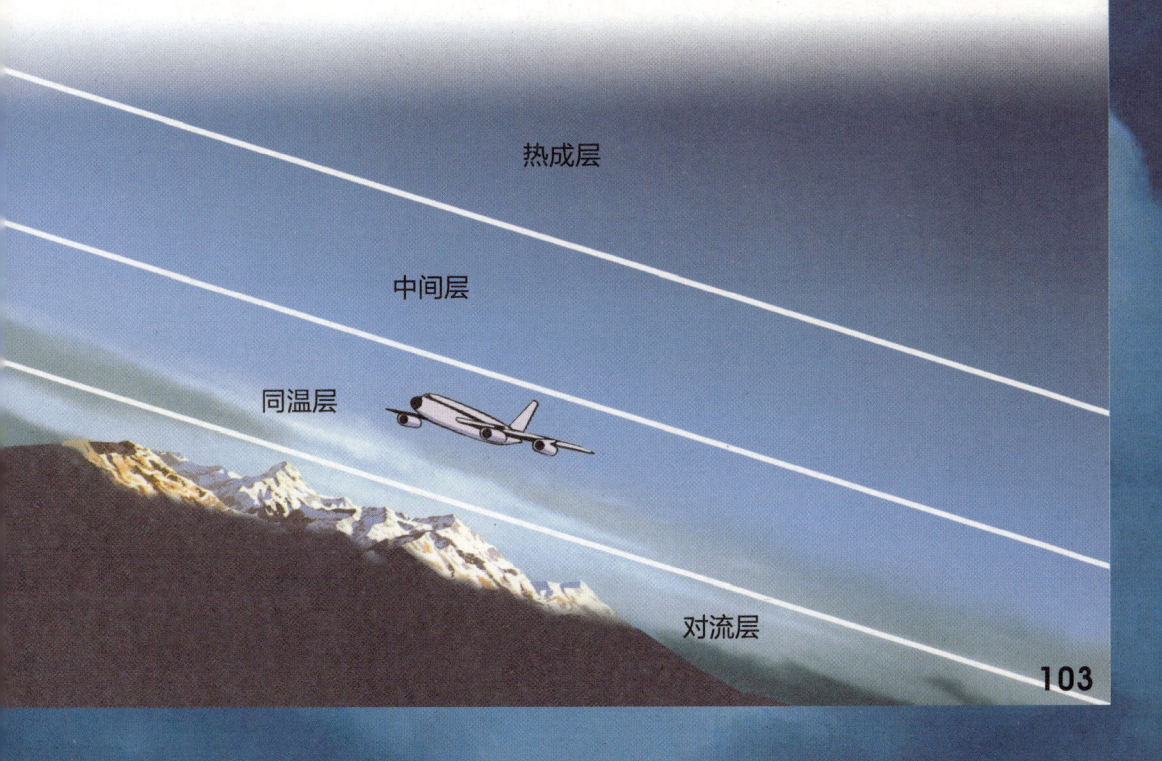

热成层

中间层

同温层

对流层

尘埃使日落的天空更明亮。

天空是什么颜色？

如果你站在月亮上抬头看，你会发现天空永远是黑的，这是因为月亮上面没有空气。如果地球没有大气，我们的天空也会一直是黑的。但实际上，地球上的天空只有在夜里没有阳光的时候才是黑的。

阳光包含红、橙、黄、绿、蓝、靛、紫等不同颜色的光，它们在空气里会散射，有些散射得比别的更厉害。红色、橙色和黄色光散射得最少，蓝色光散射得最多，所以天空中充满了蓝光。

远方天空与地面看上去相接的地方叫做地平线。太阳靠近地平线时，阳光必须在大气里穿过更长的距离，这会使蓝光和多数其他颜色的光散射得更厉害，以至于无法看到。红色、橙色和黄色光散射的程度就恰恰好，形成美丽的日出或日落景象。污染、森林火灾和火山产生的尘埃会使日出或日落的颜色变得更红或更黄，因为这些尘埃把其他颜色的光散射得更加厉害。

天空与地面看上去相接的地方叫做地平线。

空气是由
什么组成的？

空气看上去是空的，它没有颜色，没有气味和味道，你可以透过它看到东西。但空气其实不是空的，它包含许多种不同的气体，这些气体是由叫做分子的小颗粒组成的。

实际上，地球上所有的东西都是由分子组成的。植物、动物和石头之类的固体由分子组成。水这样的液体，以及组成空气的气体，也由分子组成。

在固体里，分子紧靠在一起，很少移动。液体里的分子互相离得比较远，移动比较快。气体分子互相离得非常远，并且飞快地跑来跑去，这就是为什么气体轻到人们看不见的原因。

对我们来说，空气里最重要的气体成分是氧气。我们通过呼吸把氧吸进身体。世界上几乎所有的动物和植物都需要氧气，不然就会死掉。

空气里大概只有1/5是氧气，大部分是氮气，约占4/5。剩下的部分由许多种不同的气体组成。空气里还飘浮着水蒸气和尘埃，不过它们并不是空气的一部分。

如果空气只是飘浮的气体，为什么它们不飘到太空中去呢？这是因为地球的引力把空气吸住了，就像把你吸住一样。你没办法飘到太空里去，空气也是！

试一试

1

你可以看到空气不是空的。把一个玻璃杯倒过来，按到一盆水里。水不会灌满杯子，因为杯子里面有空气。

把杯子斜过来，可以看到空气从杯子里跑出来。然后水就会把杯子灌满，因为杯子里已经没有空气占地方了。

2

空气是怎样挤压的?

你生活在空气的海洋里，就像鱼生活在水里一样。空气是有重量的，它的重量从各个方向挤压着你，虽然你感觉不到。自己动手来观察一下空气是怎样挤压的吧。

你需要:
- 一个水杯（要玻璃做的，不要纸的或者塑料的）
- 水
- 一块坚硬的平板
- 一个洗碗池或者一个大盆

怎么做:

1. 把杯子装上水，装到差不多满。

2. 把板子盖在杯子上面。

3. 把板子按住，然后把杯子倒过来。注意要
在洗碗池或者盆子上面做这一个步骤，
因为板子可能会滑掉。

4. 把手从板子上拿开，看看会怎么样。

你是不是觉得，水会把板子推开，从杯
子里泼出来？实际上不会这样。这里有几
个原因，其中一个原因是，板子下面的空
气产生的推力比水产生的推力更大。
这个推力挤压着板子，就像空气
的海洋挤压着你。

为什么会刮风？

风在大地上吹过，吹得草丛晃来晃去、树叶沙沙作响，吹过你的头发。暴风雨来的时候，风旋转着，呼啸着。风可以把云吹走，使阴天变成晴天。风是流动的空气，使空气流动的是太阳。

地球像一个大陀螺一样旋转着，它表面不同的地方轮流被阳光照到。阳光使地球变暖，地球使空气变暖，热量使空气里的气体分子运动得更快、互相离得更远。由于热空气比冷空气要轻，它像一团巨大的、看不见的云那样向上升。

随着热空气向上升，别处的冷空气会流过来填补热空气留下的位置。冷空气的这种流动就形成了风。你感到风吹来的时候，是感觉到了冷空气的运动，这些冷空气流过来替代升上天空的热空气。

热空气怎样了呢？它们在天上变冷，重新沉到地面，又替代了另外的热空气。所有这些变化在不停地进行着！

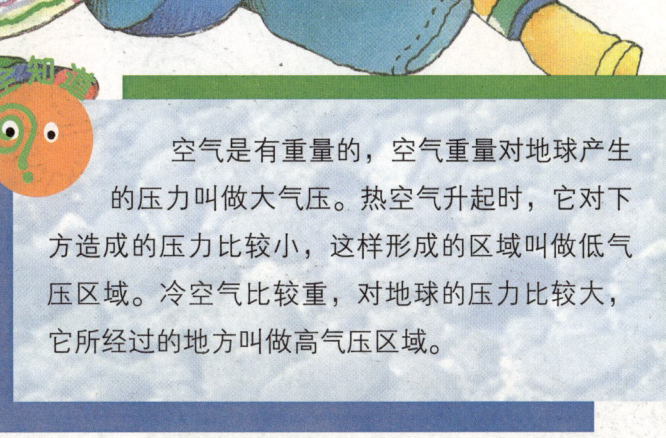

空气是有重量的，空气重量对地球产生的压力叫做大气压。热空气升起时，它对下方造成的压力比较小，这样形成的区域叫做低气压区域。冷空气比较重，对地球的压力比较大，它所经过的地方叫做高气压区域。

风

空气看上去很平静的时候，你感觉不到有风吹，但并不是说所有的地方都不刮风了。地球上总是有很多风，使空气流动着。也许一个地方正吹着北方来的微风，而另一个地方则刮着南方来的狂风。

有时候同一个地方可能刮着两种不同的风。在靠近地面的地方，风吹着旗帜朝一个方向飘；但在天空高处，另一股风刮得云往另一个方向急急忙忙地跑。

速度最快的风在云层以上离地面几千米的高空刮着，它们叫做急流。这些急流通常相互连接，形成一条巨大的风的河流，围绕地球奔腾着，速度有时候超过每小时320千米。飞机起飞开始长途旅行后，飞行员可能会操纵飞机飞进急流，因为急流可以给飞机提供强大的推力。

风刮得怎样？

试一试 **2**

风向袋可以告诉你是不是经常有风、它们朝哪个方向吹。照下面的方法做一个自己的风向袋吧。

你需要：

- 旧衬衣上的一条长袖
- 一根可以弯曲的细金属丝
- 一个订书机
- 细绳
- 找个大人帮忙

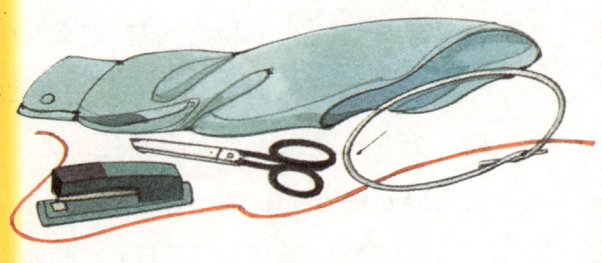

怎么做：

1. 按袖子肩膀那一头的开口一圈的长度量好金属丝，把金属丝弯成圆圈。

2. 把绳子的一头系在线圈上。

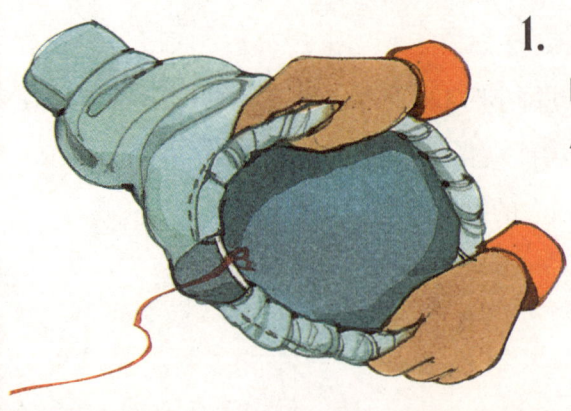

3. 把袖口边缘用订书机订在线圈上（订得要密），让袖子展开，风向袋就做好了。

4. 把风向袋系在树上或者柱子上。

5. 连续几天观察风向袋。有时候它几乎不动，有时候风会吹过它，使它几乎伸直。

风最常朝哪个方向吹？把风向袋换换位置，看看你家附近是不是有什么地方比别处风更大？

风刮得有多厉害？

根据厉害程度的不同，风有许多不同的名字。在这几页，你会学到怎样通过观察风造成的影响来判断它的强度，还将学到不同速度的风的名字。

平静无风的时候，烟柱笔直朝上。这时的风速低于每小时1.6千米。

和风：小树枝摆动，尘土和纸片飞扬，风速为每小时21～29千米。

强风：大树枝摆动，撑伞困难，风速为每小时39～49千米。

疾风：整棵树摇摆，逆风很难行走，风速为每小时51~61千米。

大风：小树枝被吹断，行走非常困难，风速为每小时62~74千米。

烈风：屋瓦被掀起，建筑物被破坏，风速为每小时76~87千米。

暴风：整棵树被吹倒，建筑物遭到严重破坏，风速为每小时89~101千米。

什么风暴有眼睛?

飓风是一团旋转着的暴风雨。暴风雨中心的空气是平静的,这个平静的洞叫做飓风眼。

飓风起源于**赤道**附近的海上,那里的空气非常湿热而平静。热空气开始上升、旋转,大量空气上升之后,就形成高耸的积雨云。

风沿着一个巨大的圆圈旋转,以一团平静温暖的空气为中心。当风速超过每小时119千米时,它就成为飓风。

住在飓风前进路线上的人，感觉上会经历两次暴风雨。开始是圆圈的前半部分到达，狂风暴雨发出平稳的轰隆声。

圆圈前端过去之后，飓风眼到达。风息了，雨也停了，空气变得炎热而平静。飓风眼可能要一个小时或更长时间才会过去，然后圆圈的后半部分到达，狂风暴雨再次出现。最后，飓风完全经过，把风雨带到别的地方。

飓风非常可怕，它能掀起巨大的海浪。如果这些海浪到达陆地，就会造成危险的突发洪水。飓风在陆地上经过时，会把大树连根拔起，把房子吹倒。

什么是龙卷风？

龙卷风是一种长管形的旋风。

一片厚重的黑云出现在天空中，地面附近的暖空气朝这片云迅速上升。在云的底部，空气开始旋转。这股风旋转扭动着向下延伸，形成一条长管或一只漏斗的形状，这样的风叫做龙卷风。

这只漏斗有时会伸到地面上。龙卷风如果接触地面，会非常危险，它会卷起很重的机器，把它们扔到很远的地方。龙卷风还会刮走屋顶，把大树连根拔起。

龙卷风在世界许多地方都有发生。但大多数龙卷风发生在美国中部，人们在那里曾经发现过速度达到每小时480千米的旋风。

龙卷风是从云层下垂到地面的旋风，尘卷和沙卷则是从地面升上天空的旋风，它们比龙卷风小得多。

你可以用下面的方法在瓶子里造出自己的彩色龙卷风。用一个塑料瓶装半瓶水，加进一些彩色碎纸屑。在瓶口上粘一片胶纸，用铅笔在胶纸中间扎一个洞，让水能流出来。把一个同样的空瓶子倒过来，放在第一个瓶子上，用防水胶纸把两个瓶子的瓶口紧紧粘在一起。把瓶子倒过来，让装水的瓶子在上面。轻轻晃动水，加快速度，然后停手。水和纸屑流向空瓶子时，会像龙卷风那样旋转。

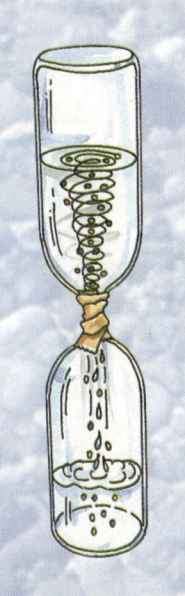

龙卷风能摧毁建筑物。

什么是云？

云有时看上去像天空中的奶油泡沫，有时像柔软的羽毛。云到底是什么？

一朵云是聚集在一起的数以十亿计的微小水滴或冰晶。有的云全是水，有的全是冰，有的是水和冰的混合。

你也许认为，水和冰都是很重的，会落到地上。但这些水滴和冰晶非常小，空气能够把它们托起来，轻风吹着它们在空气中飘浮。

你在炎热的晴天里出汗时，就是在帮助制造云。地面上的水坑被阳光晒干后，坑里的水也会成为云的一部分。

云里的水来自地球。每天，阳光的热量使世界各地大量的水变成水蒸气，也就是气态的水。水蒸气浮上天空，越升越高，开始冷却。当它变得足够冷之后，就会变回水或者结成冰，以空气中极其微小的尘埃为核心形成微小的水滴，这些水滴就形成了云。

试一试

1

你也可以制造出云！只需要一个大冷天。张开嘴向冷空气里吹气。很快你就会看到一朵云，它是空气中一片小小的白雾，一朵真正的云。云是潮湿的热空气遇到冷空气而形成的。

为什么不同的云的形状不一样？

层云看上去像薄片。

积云看上去像蓬松的棉花团。

云有许多不同的种类，每种都有自己的名字。大多数云的名字都是根据它们的形状来取的。

有的云看上去像铺在天空中的巨大薄片，这样的云叫做层云，它们是离地面最近的云。层云是一层热空气从一层冷空气上方流过而形成的，它们堆在一起形成厚厚的一层。长得像棉花团或者冰淇淋的云是积云，高空中颜色发暗、因为充满雨水

卷云稀薄而纤细。

卷云

积云

层云

而显得厚重的积云就是带来雷雨的云。

　　最高处的云看上去像稀薄纤细的条纹或鬈发。它们的位置很高，那里的空气非常冷，所以这些云是由冰粒组成的，它们叫做卷云。

试一试

1

　　你能从云中看到多少花样？在多云的天气里往天上看，能不能看到龙、高山或者鸟儿？叫朋友帮你找几朵动物形状的云。

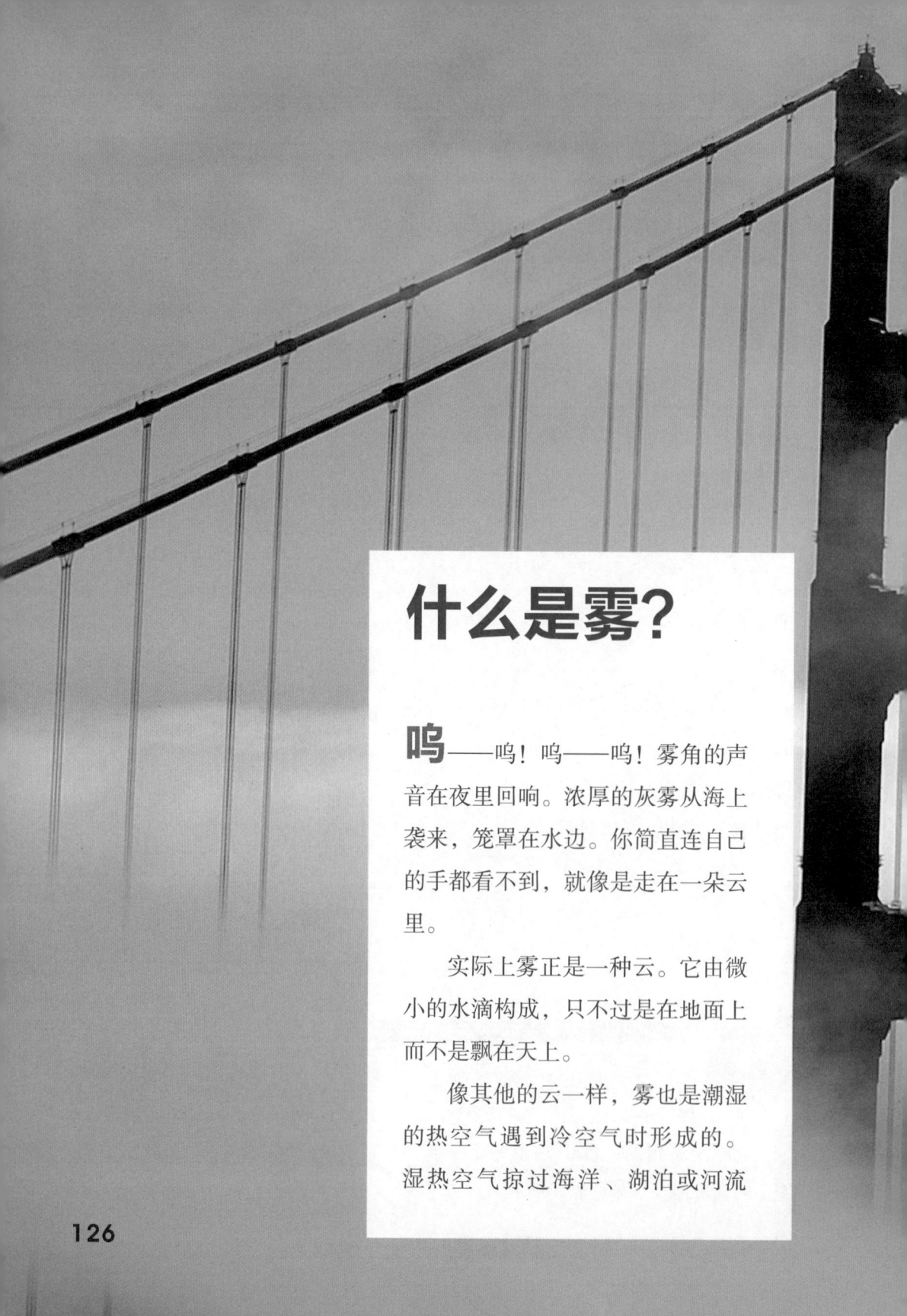

什么是雾？

呜——呜！呜——呜！雾角的声音在夜里回响。浓厚的灰雾从海上袭来，笼罩在水边。你简直连自己的手都看不到，就像是走在一朵云里。

实际上雾正是一种云。它由微小的水滴构成，只不过是在地面上而不是飘在天上。

像其他的云一样，雾也是潮湿的热空气遇到冷空气时形成的。湿热空气掠过海洋、湖泊或河流

大雾几乎遮住了湖中的人和小船。

表面的冷水时，就会形成雾。温暖的空气很快变冷，其中的水蒸气变成数以百万计的微小水滴，形成一片来自水上、笼罩大地的云。

雾也会在陆地上产生。温暖了一整天的地面开始冷却时，地面上空的热空气变冷，空气里的水蒸气凝结成微小的水滴，于是雾笼罩了大地。

127

你能造出云来吗?

你周围的空气里一直有水,虽然你看不到也感觉不到。下面这个实验能够显示热空气遇到冷空气怎样形成云。

你需要:

- 一个水杯(要玻璃或金属的,不要纸的或者塑料的)
- 冰块
- 一个勺子

怎么做:

1. 在洗脸池或者浴缸旁边做这个实验。实验过程中把热水开着,这样可以保证你周围的空气里有足够多的水蒸气。

2. 在杯子里装半杯冷水,把杯子外面擦干。将冰块放进水里,慢慢搅拌。几分钟后摸一摸杯子外面,它是不是变湿并且变冷了?

3. 这是怎么回事呢？杯子外面原本是干的，流动的热水使周围的空气变得潮湿，有一些温暖的水蒸气遇到冷的杯子，就在杯子外面形成了水滴。

云也是这样形成的。含有水蒸气的暖空气遇到冷空气，就产生了云。

天气

就是现在，地球上有些地方阴雨，有些地方是晴天。有些地方天色很暗，刮着风，下着雪。

你所在的地方今天天气怎么样？有没有下雨？看起来是不是要下雪？有没有出太阳？

你有没有跟人谈过天气呢？很多人都谈过。几乎每个人都很关心天气。

雨的循环

雨从云里落下，而云里的水来自地球上的水。这一切是怎样发生的呢？

水蒸气形成云

云变成雨落到地上

阳光使陆地上的水蒸发

阳光使河流中的水蒸发

雨渗进土地

水沉到地下

地下水流进河里

132

地球上到处都是水——湖泊，溪流，池塘，河流，水坑和辽阔的海洋。植物和动物体内也有水。

每天，阳光使大量的水蒸发，形成水蒸气。热量使水蒸气上升，升到很高的地方之后，水蒸气变冷，形成由水和冰的微粒组成的云。这些微粒变得越来越大、越来越重，无法继续飘浮在空气里，就变成雨或雪落下来。

有些雨水和雪水渗进土壤，被植物吸收。还有些汇进溪流或河流，流向大海。阳光使海水温度升高，使水再次变成水蒸气。这样的水循环不断地进行着，地球一直在循环利用它的水！

全知道

循环利用一种东西，就是让它可以再次被利用。你知道吗？自古以来，地球一直在循环利用它的水，我们现在用的水，就是恐龙用过的那些！

下了多少雨?

听听广播里或看看电视上的天气预报，你会听到一次暴风雨时的降雨有多少毫米。天气预报员是怎样知道降了多少雨的呢?

科学家用一种叫雨量计的仪器来测量降雨量。雨落到这个量器里，雨停之后，科学家测量里面有多少水。你可以自己做一个简单的雨量计，来测量你家附近的降雨量。

你需要：

- 一个干净的大敞口瓶，瓶身是直的
- 一把尺子
- 一个下雨天

怎么做：

1. 把瓶子放在屋外。要放在开阔地带，远离树和房子，使雨可以直接落在里面。

2. 把瓶子半埋在地里，或者在它周围放上较重的石头，使它不会移动或翻倒。

3. 将瓶子留在外面，等到下雨。雨停之后，小心地把瓶子拿回屋里。

4. 瓶口朝上拿着瓶子，将尺子竖在它边上，数字最小的一头在下面，确认尺子的第一格与瓶底平齐。

5. 读取水位所在的地方尺子上的数字，这样你就知道下了多少雨。在日记或者天气日志上把数字记下来。

6. 倒掉水，把杯子弄干。重新把杯子放在屋外，等着下次下雨。你觉得这次下雨测量时得到的数字会比第一次要多、还是要少或者差不多一样呢？

每次下雨，研究天气的人都会把雨量记下来。这样他们就能知道每年的天气情况，预测下一年的降雨量。

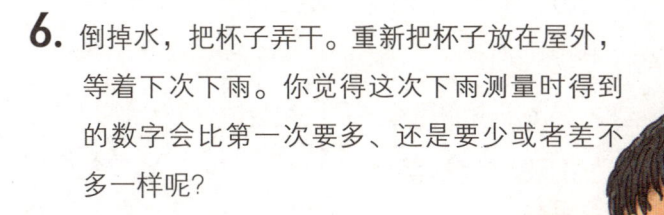

彩虹是怎么来的?

很久以前的人们认为彩虹是一种奇迹。有的人说彩虹是一座桥，天上的神仙想要到地上来看看时，彩虹就出现了。还有人说，如果你能找到彩虹的尽头——就是它与地面相接的地方——就能找到一罐金子。

现在我们知道，彩虹是水滴折射阳光形成的。阳光看上去是白的，实际上由许多种颜色的光组成。阳光进入雨滴之后，就会分解成很多种颜色的光，包括紫色、蓝色、绿色、黄色、橙色和红色。我们会在彩虹里看到这些颜色，但由于这些光线会弯折，通常我们只会看到其中的四种到五种。

要在雨中看到彩虹，太阳必须在你身后，雨水要在你前方。许多雨滴使阳光分解成多种颜色的光，这些光聚集在一起形成一道闪光的、弯曲的、五颜六色的彩虹。如果雨下得很大，彩虹的一头或者两头看上去会像是接在地面上，两头相距很远。

有些彩虹不是在下雨的时候产生的，瀑布、海水浪花或者喷得很高的喷泉也能产生小小的彩虹。

试一试
1

在晴天背对太阳，用浇花的水龙头喷出一片水雾，你就能在闪亮的水雾中看到彩虹。你在你的彩虹里看到了哪几种颜色？

阳光穿过水滴时，会形成彩虹。

雷鸣电闪

雷和闪电是一起的。

一道闪光弯弯曲曲地划破天空，另一道闪光砸向地面，然后马上是巨大的噼啪声或者轰隆声。这种闪光是闪电，声响就是雷。

我们在天空中看到的蛇形闪电，实际上是巨大的电火花。雷暴雨时，云里每个微小的水滴都带电，使整片云带电。当电荷强到一定程度时，就会产生巨大的电火花——闪电。

闪电是空气中的
巨大电火花。

试一试

1

你可以算出暴风雨离你有多远。当你看到闪电时，开始数秒，直到听到雷声。每5秒相当于1.6千米。

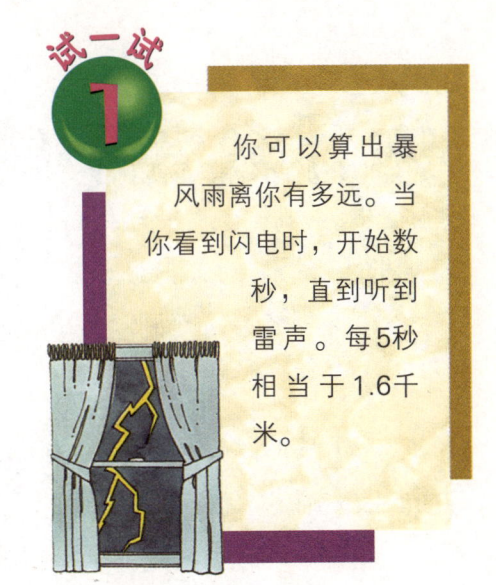

全知道

闪电会击中高地、树木、水或者金属物体。为了远离闪电，要躲在屋子里或者大型建筑物里。如果你在屋外，要找一个离树比较远的低地，离水和金属物体远远的。

闪电可以通过多种方式传播。有时电荷从同一片云里的一个地方传到另一个地方，还有的时候，电荷在两片带电的云之间传递。闪电还能击中地面。

闪电会使周围的空气发热。发热的空气向四周散开，与较冷的空气碰撞，使冷空气抖动，这就是雷声的来源。

为什么会下雪？

仔细看一看雪花，你会发现它们不是雨那样的水滴，不是冰雹那样的小块，也不是冻雨那样的颗粒。它们看上去更像细小的羽毛。

　　雪是云里的水蒸气冻结形成的。它产生在暴雨云的上端，那里的空气比较冷。随着更多的水蒸气凝结进来，冰冻的水滴越来越大，变成一片片小小的、透明的

多知道

在相对比较暖和的下雪天（气温在冰点左右），下落的雪结晶会聚集在一起形成很大的、潮湿的雪花。这些雪花比在非常非常冷的天气里落下来的冰晶要重。

冰，叫做雪结晶。

用放大镜看雪花，你会看到美丽的花边图案。它们看上去很相似，可是没有两片雪花是完全相同的。有些比较平，有些看上去像长针，大多数雪花像一块块花边。不过它们有一点相同：几乎所有的雪结晶都是六角形。

在夏天，天空中很高的地方也能形成雪，不过雪花落下时一遇到暖空气就会融化变成雨。

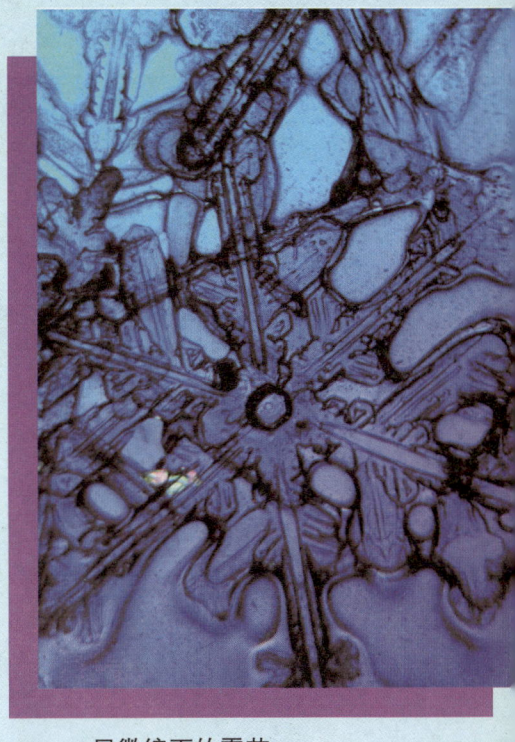

显微镜下的雪花。

雪花覆盖大地。

冰雹打在豆苗上，砸毁打伤了很多作物。

什么是冰雹？

黑云聚集，雷雨到来，雨滴的声音越来越大。突然有什么东西重重地砸在屋顶上，这些东西就是冰雹。

冰雹是冰雪的团块，它们通常看上去像小珠子，但也有可能像高尔夫球那么大——甚至更大！

冰雹起初是雨云里冰冻的雨滴，风把它们刮到云里有着极冷的水滴的地方。有些水滴落在已经冰冻的雨滴上，它们也冻结了。

　　随着越来越多的水冻在上面，冰冻的水滴变得越来越大。只要有向上吹的风使它们飘在那里，能够接触到云里的极冷水滴，这个过程就会一直继续下去。

　　有时候风力减弱，冰雹开始往下落。但一阵狂风会把它们重新送回云里的极冷区域，它们就在那里长得更大。最终冰雹会重到风力无法支撑它们，就落了下来，你会听到它们砸在屋顶、草地和人行道上。

多知道

冰雹有的比豆子还小，有的比网球还大。

气象观察员

这座位于挪威的气象站会自动收集和保存天气信息。

每个人都会注意天气，可是很少有人知道明天会有多热、多冷或者多潮湿。不过**气象学家**能够预报天气。

气象学家是研究地球的**大气**、天气和气候的科学家。他们是气象观察员，或者气象预报员。

气象学家怎样预报天气呢？他们观测风的速度和方向，记录空气的温度、气压和含水量，从中寻找天气变化的线索。

气象学家还通过太空中的气象卫星来收集信息。这些卫星绕着地球转，为云和正在聚集的风暴拍照，把照片传送到地面。

地球表面的气象站也是气象信息的来源。人们用一种叫多普勒雷达的仪器来研究风和暴风雨，这种仪器能发现320千米以外正在袭来的暴风雨。

气象学家收集世界各地的气象报告，用这些信息来画出气象图。他们

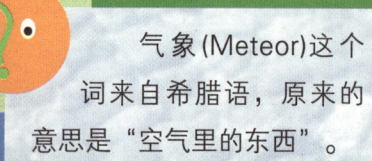

多知道

气象(Meteor)这个词来自希腊语，原来的意思是"空气里的东西"。

还利用计算机来进行天气**预报**。你每天都可以在电视上或广播中看到听到他们的预报。由于天气有时候变化得很快，气象学家经常修改他们的预报。

每天，世界各地的气象站会向空中施放大约1600个气球，它们携带着一种叫做无线探空仪的仪器。这种仪器能测量不同高度上空气的温度、压力和湿度。气球升到一定高度之后，就会破裂，然后装在上面的降落伞会张开，把仪器带回到地面。

美国国家气象局的气象学家在进行天气预报。

145

天气谚语

"晚上天色红，水手乐哈哈；早晨天色红，水手急煞煞。"

过去千百年里，人们编出了许多关于天气的谚语。谚语是口头流传的一些说法，其中有些有科学道理，但其他的一些（比如上面的这一条）并不正确。下面是关于天气的更多谚语。

"鸡爪子抓，马尾巴卷，准备降下你的上桅帆。"

有道理吗？ 有。看上去像鸡爪子印或者马尾巴的云是卷云——很高的天空中由冰晶组成的云。如果天上出现这样的云，第二天通常会下雨。

"狗熊长厚毛，寒冬要来到。"

有道理吗？ 没有。动物如果夏天吃得好，皮毛就会长得很厚，这跟冬天没有关系。

"瑞雪兆丰年。"

有道理吗？ 有。大雪可以保护植物的根不被冻坏，还能防止它们来年开花太早。

"绵羊挤成一团，明天没雨也难。"

有道理吗？ 有。动物能够感觉到天气变化。暴风雨将要到来的时候，它们会感到紧张，因此挤到一起。

"海草干，天蓝蓝；海草湿，下雨天。"

有道理吗？ 有。挂在屋外的干海草会**吸收**空气中的水分，如果它变湿了，就表示空气潮湿，可能会有暴风雨。

"蜜蜂飞得远，天气晴又暖；蜜蜂懒离窝，风雨肯定多。"

有道理吗？ 有。暴风雨来临之前空气变得潮湿，蜜蜂会归巢躲避风雨。实际上，如果夏天雨水多，蜜蜂酿的蜜就会比较少。

"月亮弯弯钩朝上，钩走雨水出太阳。"

有道理吗？ 没有。月亮离地球的大气远得很，它是没有办法把地球空气里的水吸走的！

建立自己的气象站

试一试
2

你想不想预报天气？第114～115页和134～135页讲了制作风向袋和雨量计的方法，这里我们再讲制作另一种气象装置——气压计的方法。气压计可测量空气压力，低气压表示天气要变坏，高气压则意味着好天气。

你需要：

- 一个气球
- 两个一样大的敞口瓶
- 橡皮筋
- 饮料吸管
- 胶水
- 一根扁牙签
- 一支铅笔
- 剪刀
- 一根棒棒糖的棒

怎么做：

1. 把气球的嘴剪掉，剩下的部分套在一只瓶子的瓶口上，用橡皮筋固定。

2. 把吸管压扁，一头剪成尖的，另一头用胶水粘在气球的中央。

3. 把扁牙签粘在气球瓶口边上的气球上，吸管要放在牙签上面。这样，吸管就是气压计的"指针"。

4. 用两根橡皮筋把棒棒糖的棒竖着箍在另一只瓶子外面，顶端比瓶口高约2.5厘米。沿着棒子的一边从上到下画上刻度。

5. 把两个瓶子放在相近的地方，使吸管尖的那一头指到棒棒糖的棒子上。

6. 每天同一时刻观察你的气压计，看它指向的刻度比昨天高还是低？刻度位置高表示气压低，位置低表示气压高。

你可以用你自己的气象仪器来观察天气变化。向大人要一本日历来记录，用不同的符号来标记不同的天气。例如，波浪线表示多云，笑脸表示晴天。每天用符号在日历上记下当天的天气。

什么是气候?

有些地方一年到头几乎天天温暖，有些地方大部分时候都寒冷多雨，还有些地方有着季节变化——春、夏、秋、冬。

气候指同一个地方在很长时间里的天气情况，它和天气不是一回事，天气指的是很短时间里的大气现象。

太阳、海洋和陆地都影响着气候。北极和南极的气候寒冷，因为那里的阳光倾斜照射，不如直射的阳光强烈。

在**赤道**附近，阳光几乎是垂直照射下来的，所以赤道附近多数国家的气候都很温暖或者炎热。

海洋里靠近赤道的温暖区域往往有着最为潮湿的气候，这是因为这些地方的空

全知道

人们在巨大的红杉树里发现了地球气候的线索。树被砍倒后，可以看到树干上有许多年轮，它们能显示出特定年份的降雨量是多还是少。厚的年轮表示当年雨水充足、生长季节的条件良好。

气吸收的水汽最多，水汽变成雨落下来。

山区的气候有时比附近的陆地要冷。在高山上，暖空气向上升，很快变冷。由于暖空气的湿度大，山里有些地方也比较潮湿。暖空气在上升的过程中很快变冷，冷空气不能储存那么多水，于是多余的水变成雨落下来。

各种各样的气候

世界上有许多种气候。这两页中的图片将为你展示一些不同的气候。哪一种与你住的地方的气候最像？

纳米比亚沙漠里干燥炎热的气候。

美国新英格兰，秋天凉爽干燥的气候。

南极洲冰天雪地的寒冷气候。

美国热带雨林里的潮湿气候。

153

气候会变化吗？

气候对人、植物和动物非常重要，它关系到人们生活和工作的地点与方式，影响着食物的产量。但你知道吗？有些东西能让气候改变，自然现象和人类都能使气候发生长期变化。

火山是能够改变气候的自然现象之一。火山爆发时会把大量的尘埃抛进大气，这些尘埃可能在空气中飘浮很多年，散射阳光，阻止阳光到达地面。所以火山爆发会使地球上一些地方的气候变冷。

有些科学家相信，很久以前火山
爆发曾经改变气候。

人类的行为也使气候发生了变化。城市地
区的气候比周围的陆地要热，这是因为高大的
建筑物、街道和人行道会储存热量。**污染**会使
水蒸气在大气中上升的速度变慢，所以大多数
城市的气候有点潮湿。

为什么
要保护地球?

地球上充满了自然资源——水、空气和陆地。地球上还充满了生命——植物、动物和人。

我们都要依靠水、空气、陆地、植物和动物生活。所以，保护地球和它上面的一切，是很重要的。

水污染，海滩关闭

利用地球

世界各地的人们——包括你和你的家人——每天都在利用地球和它的资源。往周围看一看，你就会发现这一点。

我们的生存都需要水。人们利用地球上的水来饮用和清洗，还用水来灌溉庄稼，还在海洋、湖泊和河流里捕鱼。

人们利用土地，在土地上耕作、种植农作物，清理土地造房子、修公路，还在土地里开采煤、铁和金子等矿物。

人们享受着地球。他们种植花草，建造公园，出去游泳和航海。

你利用地球的方式有多少种？

地球的自然资源

如果世界上没有海洋、湖泊、池塘和河流，会怎么样？如果没有植物可吃，会怎么样？如果没有铁可以用来造东西，又会怎么样？

自然资源包括所有支持生命的东西，阳光、水、土壤和矿物都是自然资源，地球拥有许多这样的自然资源。地球上有些地方的水或阳光比别处更多，或者水比别的地方更干净。

有些自然资源可以重复使用，它们叫做可回收资源。例如，铝可以用来做罐头盒，罐头盒可以回收，用来制造别的东西。

有些资源被用掉之后可以补充。动物能繁殖，旧的动物会被新的动物取代。树被砍掉之后，可以种上新的树。

但有些自然资源补充得非常缓慢，有可能会用完。比如，人类消耗着煤、石油和铁资源的速度非常快，地球生产这些资源要花千百万年的时间。

水污染，
海滩
关闭

如果污染不停止，人类会失去很多喜欢的东西，比如海滩。

什么是污染？

污染是人类对自然环境造成的损害。比如，如果乱扔有毒化学物质，它们会进到

在树林附近丢弃的垃圾。

美国洛杉矶市中
心被烟雾笼罩。

土壤、水或空气里。

人类污染地球的方式有很多。把有毒化学物质比如油漆和化肥倒进河流湖泊里，依靠这些水生活的动物和植物就会生病或者死去。

人类和动物产生的垃圾进入土壤和水之后，靠这些土壤和水生活的动物和植物可能会生病。

有些污染会破坏空气，烟雾就是这类污染中的一种，它是汽车和工厂排出的废气在阳光的作用下产生的。浓厚的烟雾会损害人的健康。即使是努力提高自身空气质量的国家，也可能被邻国的空气污染。

合理利用土地

每年地球上都会有更多的人用掉更多的资源。如果人们不精打细算，资源就会被浪费、破坏或者用光。

人们砍掉树木和其他植物，给房屋、道路和停车场等**开发项目**腾出空间。但是细心的建筑商会留下空地，种树来补上他们砍掉的那些。

另外，许多地方的政府对草原、湿地、森林和其他一些土地进行保护，禁止开发这些地区。

工厂和其他建筑物会把废弃化学物质排放到空气和水里。所以有的国家制定了法律，要求建筑商保证新的建筑物不能污染空气和水。

工人们从地里开采珍贵的资源，如果开采得太多，资源储备就可能耗尽。

城市公园让城市变得更漂亮，而且对环境有益。

在很多地方，企业通过使用更好的开采方法、回收利用矿产品等方法来节约矿物。他们还用数量比较充足的矿物来代替稀少的矿物。

地球在变热吗？

有人认为，地球正在慢慢地变得更温暖。他们说，地球的大气正在让地球升温，就像温室让植物升温那样。

你见过温室吗？温室的墙是玻璃或者塑料做的，阳光能透过墙照进去，使里面的植物生长。

来自太阳的热量被地球的大气束缚住。

这些墙还能够帮助保持热量，所以温室里面非常暖和。

地球和它的大气在某种程度上也起到温室的作用。大多数阳光能够透过大气，加热地球的表面。大气里含有一些二氧化碳之类的气体，它们就像温室的墙一样能够保持热量。

汽车和工厂燃烧燃料时，会向大气中排出二氧化碳。如果大气里的二氧化碳太多，就会有越来越多的阳光热量没有办法逃离地面，使地面附近的空气变得非常暖和！这就叫做温室效应。有些科学家认为，温室效应正在给我们的地球带来麻烦。

气温升高会使北极和南极的冰雪融化，产生的水流进大海，使海平面上升。这有可能给世界各地的沿海地区带来洪水，并且把一些岛屿完全淹掉！

怎样保护地球?

成千上万年里，人们利用着地球的土地、水和空气，也产生垃圾、有害化学物质和其他毒素污染着地球。

现在，世界各地的人都在努力保护地球。他们保护土地，制止**污染**，节约自然**资源**，保护濒危的野生动植物。保护地球有许多方法，你也可以出一份力。

3个R

你今天使用了多少用树木或者塑料制造的东西？这些东西里面你丢掉了多少？你用的东西有多少需要用电？

人们使用的许多东西是用树木和塑料制造的，例如很多纸制品和木制品是用树做出来的，许多塑料是用石油、煤和天然气制造的。我们丢掉的塑料和纸张越多，需要用来堆放垃圾的地方就越多。

另外，人们用的许多东西是由地球的自然资源提供动力的。我们用电来驱动冰箱和其他产品，发电需要用到矿物。

许多人担心，地球的资源正在耗尽，并且受到污染。你可以通过下面的3个R —— 减少(reduce)、重复使用(reuse)和回收(recycle)帮助保护地球的资源。

骑自行车可以节省汽油，减少汽车废气造成的污染。

减少（**Reduce**）

- 减少使用纸制品和塑料制品。用手帕代替纸巾。
- 不用的时候，把电灯、收音机和电视机关掉。
- 不要为了喝凉水，就让自来水一直流到水变冷，而要放冰块冷却。或者在冰箱里存一壶冷水。
- 用淋浴代替盆浴，节约热水。
- 如果有洗碗机，要装满碗碟再用。
- 多骑自行车或者坐公共汽车、火车，节约汽油和石油。

你可以用旧盒子来做很好玩的玩具，不过一定要找大人帮忙。

重复使用（Reuse）

- 把牛奶瓶、塑料袋和铝箔洗干净后重复使用。
- 把玩具和其他东西修理好，重复使用它们。
- 把旧的纸张和塑料留起来，用来制作礼物。
- 用纸的两面写字。
- 把旧东西卖掉或者捐出去，好让别人使用它们。

回收（**Recycle**）

- 回收铝罐头盒、玻璃和塑料容器、报纸、橡胶制品和纸张，回收的材料能够用来制造新产品。
- 用再生纸写字和画画。

试一试

1

你还能想到其他的什么R？比如，拒绝(refuse)和再生(recover)。拒绝乱扔东西，拒绝买过度包装的东西。购买用回收的物资制造的物品，让资源再生。

当你回收物资的时候，就是在帮助保护地球。

为了帮助
保护地球，
人们在做什么？

帮助保护地球的方法有许多种，有人修复和保护资源，还有人减少污染，重复利用资源。

瑞典的小朋友帮助拯救了离他们家乡半个地球那么远的一片雨林。他们通过写信和谈话的方式发动人们参与，筹集资金

回收纸张可以帮助保护森林，因为这样能少砍一些树。

来保护中美洲哥斯达黎加的这片雨林。

他们还发动了其他国家有兴趣的小朋友参加进来。现在这片雨林叫做儿童永恒森林，它是野生生物的一个**栖息地**，里面生活着许多濒危的动物和植物。

海洋是另一个生活着许多植物和动物的地方，不过它并不总是一个安全干净的居所。海洋的主要污染源之一是石油，发生石油泄漏到海里的事故时，政府、企业和个人会联合起来清理它。

有些地方的政府通过法律，强制要求**工业**企业控制污染，例如工厂每年排放到空气、湖泊或河流里的废气和废水不能超过一定数量，不然就会被狠狠地罚款。

工人们在清理一片被污染的海滩。

有很多人植树造林，新种的树可以取代那些为了制造纸张、家具或其他产品而被砍掉的老树。植树还能帮助保护土壤，如果没有树和其他植物，肥沃的土壤会很快被风刮走或者被水冲走。

在丹麦卡伦堡，一家公司用另一家公司的废弃物当做能源。一座工厂燃烧煤炭来产生蒸汽和热量，用来发电。以前，发电厂用剩的蒸汽会被排放到空气里，但现在人们把蒸汽通过管道输送给其他企业，这些企业用蒸汽来加热或者做别的事。

发电厂在发电的时候，每天都会产生一种称为石膏的废弃矿物。有些发电厂不会把废石膏扔掉，而是送到另一家公司去用来制造石膏板。

在很多地方，特别是一些欧洲国家，人们经常合伙使用汽车，这可以帮助减少污染。

那些为了保证地球可以养活所有生物而努力工作的人叫做自然资源保护者。自然资源保护指的是保护和合理利用自然资源，每个人都可以在日常生活中做一个自然资源保护者。

这位自然资源保护者正在为了让火灾后的森林恢复原样而工作。

密切跟踪

信不信由你，青蛙和昆虫能帮助人们了解地球的健康状况。有一些叫做**博物学家**的科学家观察研究世界上有多少种动物。在有些地方，一些动物的数量曾经成千上万，可是现在只剩下几百只——或者只有几十只。动物数量的变化告诉科学

学生们在检查害虫啃掉了叶子的哪一部分。

一对母女正在观察她们抓到的一只蝾螈。

试一试

1

给一家机构写信，向他们询问有关濒危野生生物的事情，以及你能帮做什么。比如你可以写给瑞士的国际自然及自然资源保护联盟，还有美国的奥杜邦协会，以及世界其他许多地方的绿色和平组织。

家，这里的环境——地球及其资源可能发生了变化。

　　例如，学生志愿者帮助从河流和小溪里收集昆虫，科学家们研究这些昆虫，把发现记录下来。如果一种昆虫的数量太多或者太少，就表示环境可能发生了变化，也许是污染加重或者减轻了。

　　北美冬季的森林变得寒冷时，那里一种叫做帝王斑蝶的蝴蝶就飞到墨西哥的温暖森林里去过冬。有一段时间，墨西哥人发现来到当地森林的帝王斑蝶减少了，这是因为人们把树砍掉卖给了企业，帝王斑蝶没有了过冬的地方。不过，墨西哥人通过种植新树拯救了他们的森林，也拯救了帝王斑蝶。

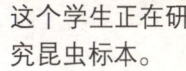

这个学生正在研究昆虫标本。

召集家人与邻居一起把小区打扫干净。

你和你的朋友能做什么？

1. "认领"你家附近的一块地方，把里面的垃圾拣起来。如果垃圾里有什么东西可以回收，就把它回收。

2. 跟你的朋友排一出短剧，把保护地球的方法表演出来，在学校或者社区活动上演出。

3. 做一条标语，帮助别人了解污染的知识。看看你的学校或者公共图书馆愿不愿意把标语挂起来。

4. 了解当地有什么组织在帮助保护地球，如果有的话，问他们你可不可以去当志愿者。

你和你的朋友能起重要作用。

5. 在学校成立一个回收俱乐部，把大纸板箱装饰起来，好让人们把罐头盒、瓶子和纸张丢进去。问问老师你可不可以把这些箱子放在教室、食堂或者教师休息室里，请老师帮你规划清理箱子。制订一个清理箱子的日程表。

6. 举行比赛，看谁能用回收的材料制作出最有意思的艺术品，用回收的玩具、拼图和书来当奖品。

总有一天你会长大。到时候你愿意做些什么来帮助保护地球呢？你想要住在哪里？想盖什么样的房子？怎样享受这个叫做地球的蓝色星球，就看你的了。

词汇表

下面是一些你在这本书里读到过的词汇。其中有很多对你来说可能是新的，但是由于你会在别的地方再看到它们，所以应该记住。每个词下面都有一两个句子，告诉你这个词是什么意思。

B

博物学家

博物学家是研究动物和植物的人。

C

沉积物

沉积物是沉在液体底部的岩石碎片、尘土和土壤。

赤道

赤道是一条假想的线，在地球南北极之间正中的位置绕地球一圈。

D

大气

大气是包围着地球的空气。

E

二氧化碳

二氧化碳是地球大气中的一种气体，人和动物呼出它，植物吸收它。

G

工业

工业是国家财富的一部分，人们向它投资，用来制造产品和提供服务。

H

海拔

一个地方或者物体的海拔是它在海平面以上的高度。

化石

化石是很久以前的动物或者植物留下的残骸或者痕迹，比如

一个印子，或者一块变成石头的
骨头。

J
飓风

飓风是带着雨和强风的巨大
暴风雨。飓风中央有一块平静的
地方，叫做暴风眼。

K
开发项目

开发项目指正在发展的事
物，房屋开发项目指一个同时建
造和出售许多房屋的区域。

L
量器

量器是用来测量东西的仪
器。测量降雨量的叫做雨量计。

Q
栖息地

栖息地是植物和动物生长、
生活的地方。

气候

气候是一个地方在很长一段
时间里的天气类型。

气象学家

气象学家是研究气候和预测
天气的人。

侵蚀

侵蚀指逐渐损坏。

R
熔岩

熔岩是火山爆发时流出来的
炽热的液体岩石。

W
污染

污染是有害物质对空气、土
壤和水造成的损害。

X
吸收

吸收指使外面的东西进到或
者渗透到内部。

Y

岩浆

岩浆是地壳下面炽热的、熔化的岩石。

氧气

氧气是大气中一种没有颜色、没有气味的气体。人和动物需要氧气才能生活。

引力

引力是地球把东西拉向它的一种力。

预报

预报是在一件事发生之前就指出它要发生。天气预报可以让人们知道什么样的天气即将来临。

Z

蒸发

蒸发指液体变成气体。

支流

支流是较小的溪流，流进更大的溪流或者河流里。

资源

资源是人们需要的物资供应，比如石油或者木材。